Genie in der Provinz

Paul Berni (PB)   Annelie Schöber (AS)

Genie in der Provinz

und andere Erzählungen,

Sketche und Gedichte

2. erweiterte Auflage

Herstellung und Verlag:
BoD – Books on Demand, Norderstedt

ISBN: 9783755 752325

Wir danken Herrn Matthias Bronisch für die vielfältigen Anregungen.

Inhalt

Drei Limericks
über die Künste in Deutschland

Ein Dichter aus Speyer am Rheine
saß allabendlich gerne beim Weine
Er hat viel überlegt
was die Welt so bewegt
doch Verse schaffte er keine

Ein Liedermacher aus Essen
hat beim Vortrag die Texte vergessen
Sehr peinlich für ihn
und doch nicht so schlimm
das Publikum sang sie stattdessen

Ein Maler aus Osnabrück
der versuchte in Holland sein Glück
Dort war es sehr flach
er dachte sich: Ach
da kehr ich wohl besser zurück

PB

Und weiter geht's mit ...

- Und weiter geht's mit Hajo. Hajo ist 23. Hallo Hajo, ich grüße dich. Worum geht's bei dir?
- Hallo Domian! Ja, es geht um meine Freundin.
- Erzähl, Hajo.
- Ja, meine Freundin wohnt in Bremen und wir sehen uns nur alle zwei bis drei Wochen, und in letzter Zeit hat sie sich so verändert.
- Was heißt verändert?
- Sie schreibt nur noch jeden zweiten Tag eine Nachricht, und wenn ich anrufe, ist sie fast nie zu Hause.
- Wie alt ist deine Freundin?
- 22.
- Wie lange seid ihr schon zusammen?
- Seit Oktober.
- Sind schon Kinder da?
- Ja - ich weiß nicht. Ich glaube nicht.
- Und wie klappt es bei euch im Bett?
- Ja, normal.
- Normal? Was heißt normal? Kannst du das etwas genauer schildern?
- Ja, äh, wenn sie bei mir ist, dann ziehe ich zuerst die Jacke aus, und dann die Schuhe. Sie schaut dabei aus dem Fenster.
- Sie schaut aus dem Fenster! Und wo schaust du hin, wenn sie sich auszieht?
- Ja, äh, ich weiß nicht, meistens äh äh ..

- Hajo, ich glaube bei euch liegt einiges im Argen. Ich empfehle euch ganz dringend, professionelle Hilfe zu suchen. Möchtest du gleich mit meiner Psychologin sprechen? Sie kann dir ein paar Tipps geben, wohin du dich wenden kannst.
- Ja – äh - ja.
- Du legst bitte auf, und meine Psychologin ruft dich gleich zurück. Das ist heute die Erna aus Hamburg.
- Vielen Dank. Und, Domian, du machst eine super Sendung. Mach weiter so.
- Hajo, ich wünsch dir alles Gute. … So, meine Lieben, morgen geht es um das Thema Insekten. Habt ihr vielleicht eine Vorliebe für oder Abneigung gegen Insekten? Oder gar eine Insektenphobie? Seid ihr vielleicht schon einmal von einem Insekt gestochen worden? Das alles würde mich sehr interessieren. So, … weiter geht's jetzt mit … Erika. Erika ist 59. Hallo Erika, worum geht's bei dir?

PB

Sweet Dreams

Jan wurde die Bilder nicht mehr los, sie spukten in seinem Kopf herum. Frauen, Mädchen, die ihn zu sich hereinlockten, und dieser Blick .. etwas verrucht und doch geheimnisvoll ... Was mochte wohl alles schon geschehen sein hinter diesen Fenstern, hinter diesen Türen?

Sein großer Bruder hatte ihm vor ein paar Tagen davon erzählt, von seinem Trip nach Amsterdam mit ein paar Freunden. Vom Rotlichtviertel und all den Frauen, die in den Fenstern saßen und nur darauf warteten, auserwählt zu werden. Richtig hübsche, junge sollen auch dabei gewesen sein. Jans Bruder und seine Freunde hatten sich einen Spaß daraus gemacht, die harmlos aussehenden, völlig unauffälligen, meist älteren Männer dabei zu beobachten, wie sie noch einmal kurz den Kragen hochschlugen oder ihre Krawatte ein bisschen lockerten und dann hinter den Türen verschwanden.

Und dann stoppten sie die Zeit. Wie lange bleibt man denn da wohl normalerweise?

Viele kamen schon nach zehn Minuten, einer noch früher. Irgendwie sahen sie unverändert aus, wenn man bedachte, was sie so alles erlebt hatten ... Und, seid ihr auch reingegangen? hatte Jan seinen Bruder gefragt. Nö, wir wollten uns noch bisschen Stoff besorgen, alles geht nicht, hatte der nur geantwortet.

Was musste man wohl ausgeben für so ein .. Mädchen? So viel kann das doch auch nicht sein für zehn Minuten. Er griff nach seinem Portemonnaie und zählte nach, wie viel er noch an Taschengeld hatte. 8 Euro 50. Das reichte bestimmt nicht! Er durchsuchte alle Taschen, fand noch ein paar Münzen und beschloss, seine Mutter um einen Vorschuss zu bitten. Würden 20 Euro reichen für zehn Minuten? Bestimmt!

Andererseits: Zehn Minuten wäre ganz schön kurz, was könnte da schon groß laufen? Aber wenn man sich beeilt! Man müsste eben jede Minute ausnutzen!

Nach Amsterdam konnte er natürlich nicht, aber hier in der Stadt gab es doch bestimmt auch so was. Ach ja, Eckendorfer Straße, davon hatte er doch schon mal gehört. Gerad mal nachseh'n: Nummer 291, okay. Und was sollte man wohl anziehen? Gab's da einen speziellen Dress-Code wie in manchen Diskos? Dass er aber auch keinen fragen konnte! Nein, erstmal besser alles allein durchziehen, immer diese lästigen Mitwisser, die einen hinterher löchern! Die Kleinen aus seiner Klasse würden sowieso nichts versteh'n.

Er überragte sie alle um fast zwei Köpfe und wurde immer für viel älter gehalten. Er fühlte sich auch so. Es machte ihm richtig zu schaffen, dass sie noch so babig waren, darum hielt er sich mehr an seinen Bruder und zog mit ihm los, obwohl es zu Hause immer Ärger gab.

Eigentlich wollte er sich bei so einer Gelegenheit endlich mal ein Mädchen angeln, das nicht so zickig war oder an ihren Freundinnen klebte. Die einen verstand und so und auch irgendwie freier war als all die anderen, die immer nur rumkicherten, wenn man ihnen ein bisschen zu nahe kam. Selbst Laura, zwei Jahre älter als er mit angeblich schon richtiger Erfahrung, hatte ihn ausgelacht: „Mach du erst mal deine Schularbeiten, Kleiner!"

Es gab nur einen Ausweg aus diesem Dilemma. Sein Bruder mit seinen Amsterdam-Erlebnissen hatte ihn auf die einzig richtige Spur gesetzt.

Zwei Tage später machte er sich auf den Weg. Die Haare frisch gegelt, den einen Pickel abgedeckt, mit neuer

Jeans und sportlichem Jackett, das er Weihnachten bekommen hatte, stand er vor der besagten Tür. Kurz dachte er noch, eigentlich müsste man doch was mitbringen, zum Beispiel einen Blumenstrauß, wenn man einen Besuch machte. So mit leeren Händen, komisch. Ach Quatsch, dann hätte ich ja fast kein Geld mehr übrig, fiel ihm da zum Glück ein und er drückte auf die Klingel.

Eine ziemlich alte Frau mit einem verknitterten Gesicht öffnete. Sie ließ ihn nicht sofort herein, betrachtete ihn zögernd von oben bis unten und fragte: „Na, hast du dich auch nicht in der Tür geirrt?" „Was soll das? Wie reden Sie mit mir?", fuhr Jan sie an. Er hatte sich unterwegs heimlich etwas Mut angetrunken, denn er wollte auf keinen Fall abgewiesen werden. Man sollte es natürlich nicht riechen, daher schnell zwei Mints hinterher, aber die Wirkung war schon ganz gut.

„Oh, Mann, nich schon wieder Randale hier. Is ja gut. Nu komm schon rein", knurrte die Alte.

Er folgte ihr in einen winzigen Raum, es roch nach Schweiß und sehr süßlichem Parfum, irgendwie aufregend.

„Setz dich!", forderte sie ihn auf. „Bist wohl das erste Mal hier." - „Hm", murmelte er, „kann sein."

„Und was hast du für Wünsche?" - „Na ja, ne Jüngere hab ´ich mir vorgestellt. Nicht so ´ne …" Er streifte sie mit einem abfälligen Blick. Sie musterte ihn düster. „Du bist mir ja ´n ganz kesses Bürschchen! Nimmst den Mund ganz schön voll, was?" Sie seufzte und beugte sich über ein Papier, studierte es kurz und sagte: „Zimmer 2, geh zu Irina. Ganz jung, wie´s dem Herrn beliebt! Ach, bevor ich das Wichtigste vergesse, erst .. ach, Irina, dieser noch etwas sehr junge Mann möchte zu dir. Lass ihn aber bloß nicht laufen, er hat noch nicht bezahlt! Und …". Sie zog sie auf den Flur und flüsterte ihr etwas zu.

Jan folgte kurz darauf Irina in ihr Zimmer im ersten Stock. Es war sehr klein mit Bett und Stuhl, alles in rotes, diffuses Licht getaucht. Die kräftige, grobknochige Irina zog ihn gleich zu sich aufs Bett. Er war wie betäubt. Alles war so unwirklich. Endlich ein weicher, warmer Frauenkörper, also so fühlte der sich an.

Seine Erregung wuchs, er keuchte, während seine Hände immer weiterwanderten. Irina wehrte plötzlich ab. "Langsam! Wie viel hast du bezahlt?" „Pscht! Komm … weiter!" Jan wollte jetzt auf keinen Fall diskutieren. Doch Irina war schon aufgesprungen. „Stimmt ja, du hast ja noch gar nicht bezahlt! Zeig her, wie viel hast du?" „Können wir das nicht nachher regeln? Bitte!" Er bettelte, flehte sie an, bloß nicht aufhören, jetzt noch nicht.

Doch es half nichts. Zähneknirschend zählte er ihr seine zwanzig Euro in die aufgehaltene Hand. „Was? Zwanzig Euro? Du bist wohl nicht ganz bei Trost! Komm, gib her, da ist doch noch mehr drin." Sie riss ihm die Geldbörse aus der Hand, suchte in jedem Fach. Nichts.

„Wenn das die Chefin erfährt, kannst du was erleben! Zwanzig Euro. So ´ne Nummer gibt's gar nicht für zwanzig Euro!"

Jan hatte sich inzwischen sein Jackett wieder übergestreift und starrte sie an, sichtlich ernüchtert. „Zwanzig Euro ist ne ganze Menge Geld!" schimpfte er. „Dafür kann ich doch was verlangen. Hast dich ja noch nicht mal ausgezogen! Ich will mein Geld zurück!"

Irina war aber längst kreischend aus dem Zimmer gelaufen.

„Also gut! Das wollen wir doch mal sehen!"

Jetzt wurde auch Jan laut. Er zog sein Handy aus der Tasche und rief die Polizei.

AS

Wiedersehen nach 31 Jahren

Wiedersehen mit Sohn nach 31 Jahren

■ Ottawa (AFP). 31 Jahre nach der Entführung ihres Kindes durch den Vater hat eine Kanadierin ein Wiedersehen mit ihrem Sohn gefeiert.

„Mein Sohn, wo warst du denn so lang?"
„Ich bin zur See gefahren.
Dort macht ich manchen guten Fang."
„Und das in all den Jahren?

Wo ist dein Vater, dieser Schuft,
Ich könnt' ihn noch erwürgen."
„Er liegt in einer tiefen Gruft,
Das kann ich dir verbürgen."

„Wie fand'st du denn den Weg nach Haus
Nach all der langen Zeit?"
„Vom Telefonbuch pickt' ich's raus,
Es war dann gar nicht weit"

„Das Fahrgeld, das erstatt' ich dir,
Du musst wohl Hunger haben.
Nimm diese Bratkartoffeln hier."
„Schau mal auf diese Narben.

Ein Haifisch schnappte mal nach mir,
Ich bin ihm knapp entkommen.
Ich kreuzte dort wohl sein Revier,
Hab' schnell Reißaus genommen."

„Sag, gingst du sonntags, gut betucht,
Auch in die heil'ge Messe?"
„Bei Glatteis hab ich's mal versucht,
Da fiel ich auf die Knie."

„Warst du denn fromm und arbeitsam,
So will ich dir verzeihen."
„Ich spiele gern. Kannst du mir dann
Mal 1000 Dollar leihen?"

„Mein Sohn, es ist mir nicht so klar
Wo du dein Glück wirst finden."
„Ich glaub', ich bleibe trotzdem da.
Da muss ich mich nicht schinden."

PB

Ein folgenschwerer Entschluss

Jochen traut seinen Augen nicht. Das ist er also, sein Sohn, den er so lange nicht sehen durfte. Wie groß er geworden ist! Diese ewige Streiterei vor Gericht hat sich so lange hingezogen, dass der Kleine ihm jetzt schon entgegengelaufen kommt! Der Kurze, der noch ein Baby war, als er ihn das letzte Mal sah.

Und nun? Er kann wahrhaftig schon laufen, kommt zögernd auf ihn zu, ohne ihn zu erkennen. Wie soll er auch? Wie soll er seinen Vater kennen, bei all dem Theater? I c h bin sein Vater, und nicht dieser Typ da, der angeblich der Vater des neuen Babys ist. Wird das Kind das je begreifen?

Jochen bückt sich zu dem Kleinen und breitet die Arme aus: „Michel, mein Schatz, komm her!" Der Kleine aber wendet sich ab, klammert sich an die Beine der Mutter. Die schubst ihn von sich mit dem schreienden Baby auf dem Arm. "Stell dich nicht so an, Michel, das ist dein Papa. Der hat sicher Schokolade für dich, geh doch endlich!"

Die vorbereitete Tasche mit Pampers, Schlafanzug und Wechselklamotten für das Wochenende drückt sie Jochen in die Hand und will gerade die Tür schließen, als sie merkt, dass der Kleine längst Reißaus genommen hat. „Michel, komm sofort her! Mir reicht′s jetzt!" Laut schimpfend verschwindet sie im Haus, wo Michel bei seinen beiden älteren Halbschwestern Zuflucht fand. Die beiden begleiten ihn nach draußen, aber Michel klammert sich nun an sie.

„Hallo, ich hab dich so vermisst ", die Ältere umarmt Jochen, der immerhin zwei Jahre bei ihnen gewohnt hat. Und - mit einem Blick auf die genervte Mutter, die alle Hände voll zu tun hat, die beiden Kleinen in Schach zu halten, - „könntest mich eigentlich auch mitnehmen. Dann hätte Michel wenigstens keine Angst mehr!" Aber ihre Mutter wehrt ab. „Wir wollen hier keinen Kuddelmuddel machen. Ihr werdet von e u r e m Vater abgeholt und damit basta!"

Die Nachbarn sind schon aufmerksam geworden. Gardinen bewegen sich, dahinter wird gelauert. Sie kommen mal wieder voll auf ihre Kosten, als Jochen das kreischende Kind mit Sack und Pack aus dem Haus trägt.

Endlich mit dem Kleinen im Auto ist er heilfroh, dass er das alles überstanden hat. Und Gott sei Dank war dieser Albaner nicht da, der neueste Vater. Bei einem Streit vor sechs Wochen hat der ihm fast das linke Ohr abgerissen!

Auf der Fahrt beruhigt sich das Kind und spielt mit dem neuen Auto und dem Riesenteddy. Zu Hause macht Jochen es ihnen richtig gemütlich. Er hat seine Ein-Zimmer-Wohnung in ein Kinderparadies verwandelt, wird selbst zum Kind und ist glücklich, dass Michel immer zutraulicher wird. Bei ihren ausgelassenen Spielen, auf der Erde herumrutschend, tauchen sie in ihre eigene Welt ein.

Immer wieder ruht sein Blick auf seinem Sohn. Er genießt es, wenn er ihn anlächelt, laut jauchzt vor Freude oder sich an ihn kuschelt. Nicht gestört werden, nur mit ihm allein sein, ihn erst mal richtig kennenlernen, das will er.

Seine Verlobte ist ausgezogen. Ist eigentlich ganz gut, dass die Edda Schluss gemacht hat, denkt er. War so eifersüchtig, würd sich hier nur wieder einmischen. Dabei braucht der Kleine Ruhe, bei all dem Krach zu Hause.

Er seufzt. Was wohl aus Michel mal wird? Jetzt ist er schon fast zwei. Wenn man bedenkt, wie der sich entwickelt hat. Hab ja keine Vergleiche, aber immerhin ist er flink, kann endlich laufen. Na ja, damals haben wir schon gedacht, dass er das überhaupt nie lernt.

Das ganze erste Jahr und noch länger lag er ja nur auf der Erde herum. Bewegte sich nicht, erkannte uns nicht, interessierte sich für nichts. Schon komisch! Die großen Schwestern sagten, der ist ja behindert. Der Arzt nannte das entwicklungsverzögert. Elena hat sich nicht groß drum gekümmert, war mit den dreien allein, ich auf Montage. Na ja, und schon hatte sie den nächsten …

Ein plötzlicher Knall und das Geschrei des Jungen unterbrechen seine Gedanken. Erschrocken springt Jochen auf und versucht, Michel zu beruhigen.

Zum Glück ist dem Kleinen nichts passiert, nur ein Luftballon geplatzt.

Als er ihn auf dem Arm hat, merkt er, dass die Windel völlig durchnässt ist und steckt das Kind in die Badewanne und sich gleich mit. Ist das schön! Und all die Erinnerungen an früher … Samstag Badetag …

Wie gern hätte Jochen eine richtige Familie! Das neben ihm schlafende Kind, so friedlich und unschuldig, rührt ihn. Wenn ich doch nur für ihn sorgen könnte, geht es ihm durch den Kopf, wer weiß, was aus ihm wird in dieser schrecklichen Familie! Elena hat so viel um die Ohren, sie kann sich doch gar nicht richtig um ihn kümmern. Und dann dieser Schläger- Typ. Was sie bloß an dem findet! Ich kapier das nicht. Das Schlimmste wäre, dass er sich an dem Kleinen vergreift. O Gott! Was mach ich nur?

Mit einem Ruck erhebt er sich und geht in die kleine Küche, steckt sich eine Zigarette an und holt ein Bier aus dem Kühlschrank. Dann setzt er sich und versucht erst mal, sich zu beruhigen. Bestimmt merkt Elena bald, wie schrecklich ihr Neuer ist, wie brutal … Das wird sie nicht mehr lange mitmachen. Vielleicht will sie ja zu mir zurück!

Aber ob ich sie noch will? Höchstens wegen Michel und der Familie.

Aber das geht sowieso nicht lange gut. Sie ist so sprunghaft! Und dann schleppt sie den nächsten Kerl an. Und das nächste Kind!

Nein, das halt ich nicht aus! Das mach ich auf keinen Fall!

Und wenn er doch bleibt? Und auch Michel ein Ohr abreißen will?

Wieder springt er auf und wandert im Zimmer umher. Wieder wirft er einen langen, traurigen Blick auf das Kind.

Armer Schatz! So klein und wehrlos. Ich schaff das nicht, dich da wieder hinzubringen, verstehst du das? Ich schaff's einfach nicht! In d i e Hölle? N e i n !

Jochen macht in dieser Nacht kein Auge zu.

Am nächsten Morgen trifft er eine folgenschwere Entscheidung.

Erst nach 31 Jahren werden sich Michel und seine Mutter wiedersehen!

AS

Der Dorflehrer

Erika kam in einem Dorf in der Nähe einer Kleinstadt in Ostwestfalen zur Welt. Gut zehn Jahre nach dem Krieg war die Welt hier schon wieder einigermaßen in Ordnung.

Erika hätte eigentlich glücklich sein können, als Einzelkind hatte sie viel mehr Spielzeug als die Nachbarskinder.

Doch so einfach war das nicht, ihr geliebter Vater war als Handlungsreisender viel unterwegs und die resolute Mutter war so übermächtig, dass sie sie fast erdrückte. „Wasch dir die Hände, zeig mir die Fingernägel, da ist ein Fleck im Kleid!" Klatsch, hatte Erika sich schon wieder eine gefangen!

Die Nachbarskinder durften sich dreckig machen, Erika fand das gemein.

Manchmal, wenn Mutters Schwester Irene zu Besuch kam, durfte Erika ein bisschen länger draußen bleiben, mit den anderen Kindern auf Dachböden klettern und die neugeborenen Kätzchen streicheln.

Als sie im Jahr darauf mit Ulf, Ingeborg und Marianne in die erste Klasse kam, hatten sie großes Glück mit ihrem Klassenlehrer. Herr Scholz war lieb zu ihnen, hatte so viel Verständnis für ihre Kümmernisse und machte mit dem Unterrichtsstoff nicht weiter, bevor nicht auch das letzte Kind alles begriffen hatte.

Jeder Morgen begann mit Kopfrechnen. Alle Schüler standen auf und Herr Scholz rief: 4+2 oder 3-2 und die Kinder, die es zuerst richtig gerechnet hatten, durften sich setzen. Erika war fast immer die Erste, betrachtete das weitere Schauspiel von ihrem Platz aus und langweilte sich ein bisschen. Else würde bestimmt wieder am längsten stehen bleiben. Für sie hatte Herr Scholz dann eine ganz einfache Aufgabe, zum Beispiel 2+2 oder 1+4. Das schaffte sie so gerade. Natürlich dauerte das ganze ziemlich lange, und schließlich mussten ja auch noch die Buchstaben gelernt werden. Aber Herr Scholz ließ sich Zeit, nur keine Eile, manche Kinder brauchen eben etwas länger.

Erikas Mutter sah das etwas anders. Wie um alles in der Welt sollte ihre Tochter die Aufnahmeprüfung fürs Gymnasium bestehen bei dem Schnecken-Lern-Tempo von Herrn Scholz? Als Erika eines Mittags nach Hause kam, durchwühlte die Mutter ihren Ranzen, blätterte in ihren Heften und schleuderte sie im Zimmer umher. Erika musste ganz nötig und hörte sie nur von weitem schimpfen. In der Schule traute sie sich nicht auf das Plumpsklo, da konnte man nämlich hineinsehen durch die Ritzen in der Wand.

„Mensch Erika, wie soll das bloß weitergehen mit euch? Netter Lehrer, schön und gut, aber beibringen tut er euch nichts!" brüllte die Mutter. "Wir müssen was unternehmen, und zwar bald!"

Sie schaffte es, einen uralten Studienrat zu organisieren, der ihre Tochter und zwei weitere Kinder gymnasiumreif machen sollte. Heiner von nebenan, der kam nicht. Der hatte es nicht nötig.

So saßen die drei Viertklässler also schon bald bei Erika zu Hause im Wohnzimmer um den großen Tisch und schrieben ein Diktat. Herr Ellerbrake hörte nicht mehr gut, beherrschte die Rechtschreibung aber perfekt.

Die Kinder machten Fehler über Fehler. „Wie wollen die denn die Prüfung besteh'n? Nie und nimmer! Sehen Sie doch, Frau Engelmeier, die schreiben ja alles klein. Nur das B können sie. Aber sie machen da so eine komische Schleife drum. Das habe ich ja noch nie gesehen!"

Wutentbrannt rannte Erikas Mutter am nächsten Tag zum Lehrer. „Herr Scholz! So geht's nicht weiter! Was haben Sie Ihren Schülern eigentlich beigebracht? Die können ja noch nicht mal die Groß- und Kleinschreibung. Und was soll diese dusselige Schleife um das B? So was Albernes! Ich sehe Schwarz. Niemals werden sie aufs Gymnasium gehen können! Alles nur Ihre Schuld!"

Der Lehrer Scholz war wie immer die Ruhe selbst, er schüttelte nur fast unmerklich den Kopf und meinte schulterzuckend: „Tja, die da in der Höheren Schule, die stellen eben zu hohe Ansprüche!"

AS

Ein Rat

Sie war nie eine gute Schülerin gewesen in den zwei Jahren, in denen ich sie kannte. Dennoch hatte sie etwas, das sich abhob von der Planlosigkeit und Ignoranz manch anderer Schüler und das sie mir sympathisch machte. Sie war immer unauffällig gekleidet, von Mode und Schminke hielt sie offensichtlich nicht viel, im Gegensatz zu ihren Mitschülerinnen. Und als sie mich an jenem Frühjahrsmorgen auf der Treppe im Flur ansprach, es hatte gerade zur großen Pause geklingelt, und mir sagte, dass sie die Schule verlassen wolle, war ich nicht wirklich überrascht.

Was sie denn vorhabe, wollte ich wissen.

„Ich weiß noch nicht, vielleicht fahre ich nach Griechenland", sagte sie.

„Oh, ein schönes Land", sagte ich.

Ich nahm ihre Worte nicht besonders ernst, denn Schüler ändern ihre Pläne schnell, und kurz darauf bekam ich vom Büro Bescheid, dass sie sich abgemeldet hatte.

Es war Juni, das Schuljahr neigte sich dem Ende zu, es waren noch einige abschließende Arbeiten zu erledigen, und allmählich bereitete ich mich in Gedanken auf die Sommerferien vor wie alle anderen auch.

Bald hatte ich die Sache vergessen, und die Zeit ging ins Land.

Eines Abends klingelte es an unserer Haustüre, und ich war nicht wenig überrascht, als ich die Schülerin, die sich vor zwei Jahren abgemeldet hatte, vor mir sah.

„Kennen Sie mich noch?", fragte sie.

„Ja - sicher. Du bist doch - "

„Haben Sie etwas Zeit?"

Ich musterte sie, um herauszufinden, ob vielleicht etwas Schlimmes vorgefallen wäre, ein Unfall oder etwas Ähnliches, aber ich konnte nichts dergleichen in ihrem Gesicht entdecken. „Ja, komm herein."

Wir gingen in mein Zimmer, denn oben im Essraum saßen meine Mitbewohner noch beim Abendessen. Wir setzten uns an den Schreibtisch, ich schob ein paar Mappen zur Seite und musterte sie. Sie war unauffällig gekleidet, wie ich es von der Schule von ihr kannte. Sie sprach langsam.

„Ich möchte Ihren Rat. Ich überlege, ob ich nach Kreta auswandern soll."

Sie machte eine Pause. Oben hörte man Stühle rücken und Geschirr klappern.

„Ich habe, seit ich die Schule verlassen habe, verschiedene Stellen versucht und auch eine Lehre angefangen, aber es war alles nichts für mich. Jetzt hat mein Vater mir eine Banklehre vermittelt, und ich kann dort im nächsten Herbst anfangen. Sie geht über dreieinhalb Jahre. Aber ich weiß nicht -- "

„Eine Banklehre", wiederholte ich, halb in Gedanken.

Sie fuhr fort: „Meine Nachbarin, sie ist drei Jahre älter als ich, war im letzten Sommer auf Kreta und hat dort gekellnert und sich mit der Tochter ihres Vermieters angefreundet. Diese möchte nun ein Restaurant eröffnen und sucht einen Partner. Ich habe etwas Geld gespart und könnte dort mitmachen. Ich habe sie auch schon kennengelernt, sie war einmal hier."

Sie sah mich an. „Und ich dachte, dass ich dort vielleicht hinfahren könnte. Auf Dauer. Ich habe das Gefühl, dass ich mich hier festgefahren habe. Nichts, was ich anfasse, gelingt mir oder macht mir Spaß. Ich möchte etwas Neues versuchen in einer neuen Umgebung, neue Menschen kennenlernen. Was die anderen aus meiner Klasse anstreben, ein Studium und eine Karriere, das interessiert mich nicht. Ich möchte hier weg. Vorher wollte ich Sie um Ihren Rat bitten. Sie haben doch schon viele Länder gesehen, von denen Sie uns immer erzählt haben. Ich mag die Sonne und den Süden, und das Leben soll dort so viel leichter sein."

Ich muss gestehen, ich war etwas geschmeichelt, dass sie ausgerechnet mich fragte, denn ich war nicht einmal ihr Klassenlehrer gewesen und hatte sie nur für eine kurze Zeit gekannt. Aber, es stimmte, wann immer es möglich war, ließ ich etwas von meinen Reise-Erlebnissen in den Unterricht einfließen, und die Schüler mochten es.

Auf der anderen Seite bin ich sehr vorsichtig, wenn jemand, den ich nicht gut kenne, meinen Rat hören will in einer Sache, die möglicherweise sein Leben verändert. So zögerte ich denn zu antworten. Ihre Augen waren ruhig auf mich gerichtet, und ich merkte, dass es ihr Ernst war. Ich konnte sie nicht ohne eine Antwort wegschicken.

Was sollte ich ihr sagen? Dass sie ihr Leben planen und an ihre Zukunft denken sollte, und an die Gefahren und Schwierigkeiten, die ihr dort unten drohten, das hatte sie bestimmt schon oft gehört. Dann dachte ich, dass es manchmal besser ist, mit seinem Traum zu scheitern als sein Leben lang vermeintlichen Chancen hinterher zu träumen. Und ich dachte an Seneca, den römischen Philosophen: Das Glück ist unabhängig von dem Land, in dem du lebst, du kannst es überall finden, es steckt in dir selbst, und die Natur bietet überall genug zum Leben.

Also sagte ich: „Du musst die Entscheidung selbst treffen. Was du vorhast, ist nicht ohne Risiko."

„Aber dort sind Meer und Sonne, und alles geht langsamer und die Menschen sind freundlich, habe ich gehört."

„Ein Geschäft dort zu eröffnen ist schwieriger als du denkst, und es wird kein Urlaub sein. Aber wenn dir eine sichere Arbeitsstelle, ein Bausparvertrag und eine hohe Rente nicht wichtig sind, und wenn du damit zufrieden bist, dass du gerade so viel verdienst, wie du zum Leben brauchst, dann tu' es. Du wirst ein schönes Leben haben."

Sie erhob sich und ging. Aber ich war skeptisch, ob ich ihr den richtigen Rat gegeben hatte. Für einige Zeit blieb mir die Begegnung noch im Gedächtnis, dann vergaß ich die Geschichte, wie so viele andere Schülergeschichten.

Etwa 18 Jahre später verbrachte ich meine Osterferien in Paleohora im Südwesten Kretas. Es waren zwei schöne Wochen gewesen, sie waren zu Ende und ich musste für den Rückflug nach Hania fahren. Es war ein schöner Frühlingssonntag, warm, aber mit einem angenehmen Wind.

Als ich mich von meiner Zimmerwirtin verabschiedete, sagte sie mir, sie hätte gerade gehört, dass die Taxifahrer streikten. Also begab ich mich zur Bushaltestelle, nur um festzustellen, dass der nächst Bus viel zu spät fuhr, als dass ich den Flieger noch bekommen könnte, denn ich hätte in Hania noch einmal umsteigen müssen. Jetzt blieb mir noch die Mietwagenstation, wenn ich es nicht per Autostopp versuchen wollte, was aber eine sehr unsichere Sache gewesen wäre. Etwas nervös machte ich mich mit meinem Gepäck nach dorthin auf. Zum Glück hatte sie geöffnet und ich ging gleich auf die Angestellte zu.

„Ich hätte gern ein Mietauto für einen Tag mit Rückgabe in Hania."

Sie schaute mich kurz an, schien zu überlegen und sagte dann: „Für heute sind alle Mietwagen ausgebucht. Der frühest mögliche Termin für einen freien Wagen ist morgen früh."

Ich war am Boden zerstört, denn nun hatte ich kaum noch eine Chance, das Flugzeug zu bekommen, und es war der letzte Tag der Ferien. Ich teilte ihr meinen Kummer mit, und sie bat mich, einen Moment zu warten. Ich sah, wie sie in den Nebenraum ging und mit einem Mann, welcher anscheinend ihr Chef war, auf Griechisch sprach. Dann kam sie zurück und sagte: „Ich fahre Sie zum Flughafen."

Ich war überrascht und wollte das Angebot ablehnen, denn es waren immerhin zweieinhalb Stunden Fahrtzeit; aber dann dachte ich daran, dass dies meine einzige Chance wäre, zum Flughafen zu gelangen, und ich schwieg. Kurz darauf war sie bereit und bat mich ihr zu folgen. Wir gingen zu einem kleinen Parkplatz hinter der Mietstation, und sie zeigte auf einen japanischen Kleinwagen. Wir verstauten mein Gepäck und stiegen ein.

Sie fuhr geschwind und schien jede Kurve zu kennen. Wir unterhielten uns über Paleohora, über die Insel, und langsam fiel die Anspannung von mir ab, denn ich sah, dass ich das Flugzeug erreichen würde.

Als wir uns Hania näherten, sagte ich: „Ich bin Ihnen so dankbar für Ihre Hilfe, was bin ich Ihnen schuldig für diese Fahrt?" Sie sagte: „Nichts."

Ich sah sie an.

„Erinnern Sie sich nicht mehr an mich?", fragte sie mich plötzlich auf Deutsch. Bis dahin hatten wir auf Englisch miteinander geredet.

Ich sah in ihr braungebranntes Gesicht mit den rundlichen Backen und den lebhaften Augen, es erinnerte mich an jemanden, aber ich wusste nicht an wen. Sie trug die gewöhnliche Kleidung der Griechinnen.

„Ich bin Maria, Ihre ehemalige Schülerin", sagte sie, „Sie haben mir damals den Rat gegeben, hierher zu kommen, und es war das Beste, was mir passieren konnte."

Langsam kam mir die Erinnerung zurück an jenen merkwürdigen Abend, als sie mich aufgesucht hatte. Die Zeit hatte ihre Spuren an ihr hinterlassen, sie war etwas rundlicher geworden, und die Haare hatten einen anderen Ton und waren kürzer.

„Das Restaurant lief nicht gut", sagte sie. „Nach zwei Jahren gaben wir auf, und ich heuerte bei der Mietwagenfirma an. Dort traf ich auch Georgious, dem die Firma gehört, und kurze Zeit später haben wir geheiratet."

Es musste der Mann gewesen sein, den ich im Nebenzimmer gesehen hatte,

„Sie hatten Recht, reich bin ich nicht geworden, aber das Leben hat noch andere Dinge zu bieten. Ich würde dieses Leben nicht für ein anderes eintauschen."

Ich deutete auf die beiden Kinderfotos, die am Armaturenbrett hingen und sah sie fragend an, und sie lächelte.

Sie setzte mich am Flughafen ab, wir verabschiedeten uns, und ich flog mit dem Gefühl nach Hause, zumindest einmal den richtigen Rat gegeben zu haben.

PB

Fernsehabend

Es gibt Abende, da lande ich vor dem Fernseher. Nicht, weil mich ein bestimmtes Programm interessiert oder ich bestimmte Köpfe sehen will, nein, einfach, weil ich nichts zu tun habe; weil ein Download am Computer läuft, weil ich zu müde bin zum Lesen, aber nicht müde genug zum Schlafen, weil ich sehen will, ob das Gerät noch funktioniert ….

Ohne etwas Bestimmtes zu erwarten oder zu suchen, zappe ich einen Kanal nach dem nächsten durch, bleibe manchmal bei einem für ein paar Sekunden hängen, selten mehr als zwanzig, und zappe dann weiter. Es langweilt mich fast alles. Oder nervt. Aber es könnte ja doch mal etwas Interessantes auftauchen.

Heute bleibe ich bei einer Quizsendung hängen, bei einer dieser Quizsendungen, mit denen sich anscheinend viele Menschen ihre Zeit vertreiben. Warum tun sie das eigentlich? Wollen sie testen, ob sie ihre Gehirnzellen noch alle zusammen haben, so wie der Fuchs, der während seiner Mahlzeit im Keller des Bauern ständig durch das schmale Fenster heraus und hinein springt, um zu probieren, ob er noch hindurch passt?

„Bilden Sie einen zweizeiligen Reim mit - Malediven. Jetzt!", ruft der Quizmeister.

Drei bebrillte Köpfe erscheinen in Großaufnahme. Hier scheint das Äußere eine Rolle zu spielen, denn die drei sehen aus, als wären sie am Morgen noch beim Frisör gewesen; tadellose Zähne.

„Stopp!", ruft er nach 60 Sekunden. „Die Zeit ist um. Wir sind gespannt, was die Kandidaten gedichtet haben. Kandidat A, dürfen wir Ihren Reim hören?"

„Ja, ähem. Um 5 muss man die Malle-Diven betrunken in das Taxi hieven."

Applaus.

„Ja, das reimt sich. Können wir das anerkennen, denn gemeint war eigentlichen die Inselgruppe im Indischen Ozean. Ja? – Ja. Erkennen wir an."

Applaus.

„Kandidat B, Ihr Reim bitte?"

„Wir fliegen zu den Malediven, um da entspannt am Strand zu lieven."

Applaus.

„Zu lieven? Meinen Sie liegen?"

„Ja."

„Das reimt sich aber nicht richtig."

„So schnell ist mir kein besserer Reim eingefallen."

„Gut, dann hören wir mal Kandidat C."

„Auf den Malediven kann man prima tauchen, und die Fische sind zum Essen zu gebrauchen." Applaus.

„Ja, ich glaube, das können wir akzeptieren, das reimt sich tadellos, und Fische gibt es da auch. Was sagt unsere Jury dazu? C hat gewonnen? Drei Punkte für C. Herzlichen Glückwunsch. Das macht insgesamt 15 Punkte für C."

Applaus.

„So, bei der nächsten Aufgabe müssen Sie herausfinden, welcher der folgenden drei Orte *nicht* in Asien liegt:

Palanga

Palau

Palawan."

„Drrrrt."

„Ja, A hat zuerst gedrückt, was sagen Sie?"

„Palawan."

„Nein, was sagt B?"

„Palau."

„Auch nicht richtig. Es ist Palanga. Schade. Das gibt null Punkte für die Kandidaten. Palanga liegt nämlich in Litauen. Vielleicht liegt Ihnen die folgende Aufgabe mehr. Aufgepasst: Welcher Ausdruck passt hier nicht zu den anderen:

Indonesien

Indigen

Indien

Inntal.

Los geht's!"

„Drrrrt."

Ich zappe zum nächsten Kanal. „Fairy! Das kleine Wunder gegen Fett." Zum nächsten. „Frau Bärmeier, wollen Sie uns jetzt nicht die volle Wahrheit sagen?" Zum nächsten. Martin Schulz. Zum nächsten. Sturm der Liebe. Zum nächsten. Talkshow. Zum nächsten. Polizeiruf 110. Noch schneller. Werbung. Show. Schlager. Talkshow. Alle frisch vom Frisör. Berlin. Brüssel. Klatschen. Werbung. Hilfe! Ich bin wieder beim Quiz.

„Heißen die Klavierstücke von Johann Sebastian Bach die

Goldberg Varianten

Goldberg Varietäten

Goldberg Variablen

Goldberg Variationen?

Und los."

Ja, Moment, das weiß ich doch, das sind die … die … ach. Schluss jetzt. Wo ist der Aus-Knopf? Ups, das war der falsche.

Doch was ist das? Regierungsmitglieder vor dem Untersuchungsausschuss in der Watergate-Affäre. Gedrängt voller Saal von Zuschauern.

Dann, die Verhörten erscheinen, gealtert, in der Jetzt-zeit und kommentieren ihre Aussagen. Dann, Bilder aus der Redaktion der Washington Post, Reporter an ihren Schreibmaschinen. Sie diskutieren heftig. Ach, das sind Auszüge aus dem Film, der darüber gemacht wurde. Dann, Präsident Nixon bekräftigt vor den Kameras, dass er vom Watergate-Einbruch nichts gewusst habe.

Man sieht Menschen, die ihre Arbeit unterbrechen, die vor Schaufenstern stehen, hinter welchen ein Fernseher läuft, um die Verhöre des Ausschusses am Fernseher mit-zuerleben. Ja, ich erinnere mich, auch in Deutschland hat man einiges davon mitbekommen. So sehen die Leute also heute aus. Ich zappe weiter.

Da singen Crosby, Stills und Nash. Es sind Aufnahmen aus den Siebzigern. Dann erscheint David Crosby zur Jetzt-Zeit. Er hat weißes, schütteres Haar, ein zerfurchtes Gesicht und erzählt von seinen Drogenproblemen („Nur der erste Schuss ist gut"), seinem Gefängnisaufenthalt, von Freundschaft zu seinen Bandmitgliedern. Dann folgen wieder Aufnahmen aus ihren Konzerten.

Eine Platte mit einem Live-Konzert von ihnen besitze ich auch. Dann erscheinen Fotos von toten Studenten, von Mitgliedern der Nationalgarde, wie sie auf die streikenden Studenten anlegen. Der heutige David Crosby kommen-tiert sie, seine Stimme klingt bitter, als wäre es gestern passiert. Dann folgt natürlich das Lied, das sie darauf geschrieben haben, „Ohio". Das war 1970. Die Platte mit dem Song habe ich noch.

Ich zappe weiter. Oh, Tina Turner hüpft über die Büh-ne, sie ist sehr sexy gekleidet und singt „River Deep, Mountain High". Ja, ich erinnere mich an das Lied, sie war damit in den Top 20 in den Sechzigern mit ihrem Mann Ike. Gogo-girls tanzen mit ihr, ein riesiger Bildschirm oberhalb der Bühne zeigt die Sängerin. Das nächste Lied höre ich mir auch noch an. Sie kann's immer noch.

Dann wieder Watergate. Die Richter haben Nixon gezwungen, die Tonbänder herauszugeben, die beweisen sollen, dass er von dem Einbruch in das Hauptquartier der Demokraten gewusst hat. Was jetzt? An der entscheidenden Stelle sind achteinhalb Minuten vom Band gelöscht. Eine Sekretärin sagt vor dem Untersuchungsausschuss aus, dass sie die Stelle aus Versehen gelöscht habe, sie habe den Abspiel- mit dem Aufnahmeknopf verwechselt.

Die Anklägerin von damals erscheint in der Jetzt-Zeit und demonstriert, dass sie die Stelle gar nicht aus Versehen gelöscht haben kann, da zur Aufnahme zusammen mit dem Aufnahmeknopf ein Fußpedal gedrückt werden musste, was aber nicht möglich war, wenn sie dabei telefonierte, wie sie angegeben hatte. Diese Details kannte ich nicht. Für Nixon wird es jetzt eng.

Singt Tina Turner noch immer? Ein Lied höre ich mir noch an, dann gehe ich schlafen.

PB

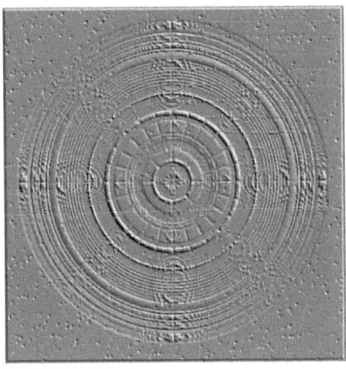

Melinda

Kurz nach dem Krieg, mit zwanzig Jahrn,
trifft sie ihren Fritz und ist glücklich.
Beide studiern für den Lehrerberuf,
doch für sie ist das bald nicht mehr schicklich.

Als Frau des Herrn Lehrer steht sie am Herd,
so war es ihr vorgeschrieben.
Sie findet sich ab und stellt sich drauf ein,
die Sehnsucht nach mehr ist geblieben.

Doch eines Tags bricht das Unglück herein,
der Fritz wird ihr fortgetragen.
Sie bleibt zurück mit dem Kind noch so klein,
ist untröstlich und kann nur noch klagen.

Aber bald schon, beim täglichen Grabbesuch
trifft sie einen freundlichen Herrn.
Er blieb wie sie allein zurück,
und sie merkt schnell, sie hat ihn gern.

Sie tun sich zusammen, mit Kindern sind's fünf,
bald wird zur Hochzeit geladen.
Sie freun sich des Lebens und bauen ein Haus
mit Whirlpool zum täglichen Baden.

Nach kaum zwanzig Jahren ist alles vorbei,
Melinda kann es nicht fassen.
Sie pflegt ihren Hermann so liebevoll,
doch auch er muss sie bald verlassen.

Wieder steht sie am Grabe und trauert sehr,
eine Witwe im Doppelpack.
Trostlose Jahre stehn ihr bevor,
geschunden, zerstört, - ein Wrack - .

Mit siebzig geht sie zum Klassentreffen
das Abitur ist fünfzig Jahr her.
Der Gerhard ist auch da und zwinkert ihr zu,
den mochte sie früher schon sehr.

Auch er ist allein, nun sind sie ein Paar
sie genießen ihr spätes Glück.
Sie reisen wie im Rausch durch die Welt
und sind voneinander entzückt.

Zehn Jahre ging´s gut, eine Zeit: wunderbar,
da wird ihr auch Gerhard genommen.
Sie trauert und trennt sich von ihrem Zuhaus
und hat einen Heim-Platz bekommen.
.

Melinda zieht nun mit dem Wägelchen
ihre Kreise durch Zeiten und Räume.
Wird sie jemals hier heimisch sein in diesem Heim?
Oder bleiben ihr nur noch die Träume?

Ein Englischkurs lockt sie, wird hier angeboten.
Englisch mochte sie immer schon gern.
Sie blüht endlich auf, ist so lebhaft wie einst
erregt Aufsehn bei dem einzigen Herrn.

Ich traf sie dort neulich bei einem Konzert,
die Musik hat gut geklungen.
Sie warfen sich selige Blicke zu
und turtelten wie die Jungen.

AS

Aus dem Integrationskurs

- So, heute wollen wir mal sehen, ob ihr in der Lage seid zu sagen, wo ihr wohnt. Ali, wo wohnst du?
- In der Lage.
- Wo?
- In der Lage.
- Nein, es heißt: in Lage. [1]
- In Lage.

    Mohammed kommt herein.

- Guten Morgen. Bus nicht kommen.

    Mohammed nimmt Platz.

- Mohammed, wir sprechen gerade über unsere Wohnorte. Ali, was hast du gerade gelernt?
- Ich bin in Lage sagen wo ich wohne.
- In der Lage.
- Ich wohne in der Lage.
- Nein, ach, … Mohammed, wo wohnst du?
- Ich wohne in der Halle.
- Wo? Nein, du wohnst in Halle.
- Ja, und ich spiele mit Ali in Halle Fußball.
- In Halle? Ja, Ali, wie kommst du denn nach Halle?
- Ich fahre mit Zug nach Halle in Bielefeld.
- Ach so. Du fährst zur Halle nach Bielefeld.

---

1 Lage, Halle: Städte bei Bielefeld

- *Mohammed:* Ich wohne zur Halle und spiele Fußball nach Halle.
- *Ali:* Wir spielen Fußball nach Bielefeld zur Halle.
- Nein, nein, also … ihr kommt aus Lage und Halle und seid in der Lage, in der Halle in Bielefeld Fußball zu spielen.
- *Mohammed:* Ja, ich spiele mit … äh … ich komme in der Halle und ...
- Ja, ja, ich habe schon verstanden. Jetzt schlagen wir mal das Buch auf …

PB

Die Inschrift

An meinem Nach-Hause-Weg von der Schule lag ein Trödelladen, und wenn ich von der Schule mal wieder die Nase voll hatte, ging ich hinein, um mir die interessanten Sachen anzusehen und auf andere Gedanken zu kommen.

Auf der Glastür des kleinen Ladens stand eine Inschrift, die ins Auge fiel, wenn man vom Inneren des dämmerigen Raumes durch die Scheibe auf die Straße hinausblickte. Es waren zwei Wörter in verschnörkelten Buchstaben geschrieben.

Von außen waren sie noch schwerer zu erkennen, und jedes Mal, wenn ich den Laden verließ, drehte ich mich um und versuchte, die Schrift zu entziffern. Das erforderte einige Zeit, und manchmal ging ich näher heran, und dann wieder weiter weg, um in der Schrift Buchstaben zu erkennen. Einmal stieß ich beim Rückwärtsgehen an eine Frau, die einen Kinderwagen schob. Der Bürgersteig war an dieser Stelle nicht sehr breit. Sie schimpfte mich gehörig aus, und ich verstand etwas wie ‚Dummer Junge' und ‚Augen im Kopf'.

Nach einiger Zeit glaubte ich schließlich, den folgenden Schriftzug entziffert zu haben: NEHES REDEIW FUA, aber die Buchstaben schienen so verdreht. Ich las ihn immer wieder und versuchte ihn mir zu merken. NEHES REDEIW FUA, NEHES REDEIW FUA.

Beim nächsten Besuch des Ladens blieb ich beim Hinausgehen vor der Tür stehen und betrachtete die Inschrift noch genauer. Dazu bückte ich mich und brachte meinen Kopf in die richtige Position, damit ich nicht geblendet wurde von dem Licht draußen, als plötzlich die Tür aufging und gegen meinen Kopf donnerte. Jemand rief von draußen: „Huch!"

Ich fuhr hoch und hörte die laute Stimme des Ladenbesitzers: „Was machst du denn da, was stehst du denn an der Tür herum?"

Ich fasste an meine Stirn und stolperte aus dem Laden. Dabei stieß ich beinahe mit einem Kunden zusammen, der mir „Hej, hej" hinterherrief.

Meine Stirn schmerzte auf dem Nachhauseweg. Zum Entziffern der Schrift war wieder keine Zeit gewesen, und so murmelte ich den auswendig gelernten Schriftzug vor mich hin. In meinen Ohren klang er indonesisch, ich hatte so ähnliche Worte einmal in einem Reiseprospekt gelesen.

Zu Hause beschloss ich, ihn niederzuschreiben. Ich schrieb ihn in mein Lateinheft, weil ich gerade sowieso meine Latein-Hausaufgaben machen musste und ich ihn so während der Arbeit betrachten konnte und er mir willkommene Ablenkung war.

In der Schule am nächsten Tag kontrollierte unser Lateinlehrer die Hefte. Er sah meine kryptischen Zeichen und fragte mich, was das hieße. Ich sagte, ich wüsste es nicht. Während der Lateinstunde kreisten meine Gedanken um den Schriftzug und wanderten zu dem Laden, und ich sah, wie die Kunden die Tür öffneten und wieder schlossen und die Schrift einmal von hinten und einmal von vorne sichtbar war.

Ich hörte meinen Namen rufen, schreckte auf, erhob mich, einige Mitschüler kicherten.

„Mark Aurel", flüsterte mein Vordermann, sich halb zu mir umdrehend.

„Mark Aurel", sagte ich laut.

„Nein, es war nicht Mark Aurel", sagte der Lateinlehrer und rief einen anderen Namen auf. Wieder dieses Kichern.

Als ich den Laden das nächste Mal besuchte, verharrte ich vor dem Hinausgehen wieder vor der Tür, aber diesmal in gehörigen Abstand. Ich bückte mich etwas und stieß mit dem Hinterteil an einen kleinen Tisch, von dem mit lautem Scheppern etwas Metallenes und ein Buch herunterfielen. Ich lief sofort aus dem Laden, um dem, was jetzt kommen musste, zu entgehen, und spurtete heimwärts.

Nun hatte ich aber doch so viel lesen können, dass ich die Buchstaben A u f W i e … entziffert zu haben glaubte. In meinem Kopf verglich ich dies mit dem auswendig gelernten Schriftzug und es ergab sich als Lösung des Puzzles ‚Auf Wiedersehen‘, wenn man es rückwärts las. Das erschien mir logisch, und ich wunderte mich, dass ich so lange dafür gebraucht hatte.

Aber, als ich es recht betrachtete, erschien es mir doch noch etwas unlogisch, jedenfalls für den, der von draußen in den Laden hineinwollte. Von außen müsste es dann ‚Willkommen‘ oder ‚Herein‘ heißen. Jedoch die Schrift im Innern wäre dann nicht mehr die gleiche gewesen. Wie könnte man das hinbekommen?

Fast ohne dass ich es gemerkt hatte, war ich zu Hause angekommen. Ich stolperte mehr als ich ging die Treppe hinauf in die Küche, wo das Mittagessen auf mich wartete, und setzte mich an den Küchentisch.

„Gab es heute etwas Neues in der Schule?", fragte meine Mutter.

Ich brauchte eine Weile, um zu antworten.

„Auf Wiedersehen heißt es", sagte ich.

PB

Dorfklatsch

Frau Groß ereiferte sich: „Ach, ich hab's doch immer gesagt, die aus dem Osten sind alle so herrisch!" Sie haute auf den Tisch, um dem Gesagten Nachdruck zu verleihen. Ihre Nachbarin, Frau Wietfeld, bei der sie gerade zu Besuch war, nickte nur zerstreut und sagte mit Leidensmiene: „Ja ja, die Frau Berger, die will immer nur bestimmen. Sie kommt jeden Sonntagsmorgen aber auch genau dann, wenn ich die Messe im 1. Programm gucke. Setzt sich einfach ins Wohnzimmer, sagt nicht viel und macht nur diese Bewegung zum Fernseher hin, so!" Sie streckte den rechten Arm vor und bewegte ihre Hand, als ob sie lästige Fliegen verscheuchen wollte.

„Natürlich stelle ich ihn dann gleich aus. Weiß ja, was sich gehört!"

„Unverschämtheit!" Frau Groß zupfte ein Haar vom Pullover der Nachbarin, über deren stoischen Gleichmut sie nur den Kopf schütteln konnte. „Sie wissen doch, Frau Wietfeld, die Berger, die macht sich mit ihrem fetten Hinterteil auf dem Sofa breit und will unterhalten werden. Von sich gibt die nie was preis!"

„Na ja, was soll man machen? Die is' wie se is'. Bin doch froh, dass ich überhaupt einen zum Reden hab'. Mit 92 bin ich fast die Älteste hier im Dorf, alle andern sind weggestorben. Sie sind noch flott, Frau Groß, zehn Jahre jünger als ich! Das ist ne ganze Menge! Sie können noch Fahrrad fahren und alles, und ich sitze hier alleine rum. Ich freu'mich über jede Abwechslung, aber dass die Berger immer gerade zur Messe kommt …

„Ach", Frau Groß machte eine wegwerfende Bewegung, „bald kann die sowieso nicht mehr kommen. Haben Sie gesehen, wie die geht?" Sie sprang auf und machte es vor, schlurfte übertrieben schwerfällig im Schneckentempo über die Küchenfliesen. "Immer denk ich, die klappt zusammen! Die kann man ja gar nicht mehr auf die Menschheit loslassen! Gefährdet ja auch andere, denken Sie nur, wenn die über die Straße geht!"

„Ja, das stimmt! Und Sehen und Hören kann sie auch fast nicht mehr! Letztes Mal hat sie hier bei mir im Wohnzimmer die Türklinke noch nicht mal gefunden! Mein Gott, sie wohnt im 3. Stock. Wie kommt die da bloß hoch? Man müsste für sie unbedingt eine Pflegestufe beantragen, aber kümmert sich ja keiner drum!"

„Ich sag's ja, immer dasselbe Lied! Genau wie bei Frau Heidmeier, die verkommt auch total! Ihr schäbiger Sohn, den sie ja nicht immer da in der Anstalt behalten können, klaut ihr den letzten Pfennig aus dem Portemonnaie. Die hat noch nicht mal genug zu essen und er raucht wie ein Schlot! Und dann noch .."

Frau Wietfeld fiel ihr ins Wort: „Stellen Sie sich mal vor, der war gestern hier, hat geklingelt und gefragt, ob ich 'n bisschen Kleingeld habe. Nee, ich geb' dem nichts mehr! Ist mir unheimlich! Wie der guckt! Wer weiß, wozu der imstande ist!"

Die beiden starrten stumm vor sich hin.

Dann fuhr sie fort: „Seine Mutter tut mir ja leid. Letzten Sonntag hab' ich 'n bisschen Kuchen mitgenommen und bin rüber. D a sah's aus! Überall Asche auf der Erde, wie das stank! Ich sagte: „Können Sie wohl ein Fenster aufmachen?" - „Nein!", schrie ihr feiner Herr Sohn, „dann zieht's!"

Er saß vorm Fernseher, der war ganz laut, man konnte sein eigenes Wort nicht verstehen! Meinen Sie, der hätte den leiser gemacht? Finchen hockte wie ein Häufchen Elend in der Ecke, die Haare zerzaust, ungewaschen, in einem alten, fleckigen Morgenmantel.

Dann rückte sie mir ganz nah auf die Pelle und fing wieder an mit der alten Leier: Letzte Nacht haben sie ganz lange an mein Fenster geklopft! Sie flüsterte es, damit er es nicht hören sollte.

„Glauben Sie mir, sie sah wahrhaftig aus wie eine Hexe!! Bin dann schnell abgehaun. Hab´ ihr den Kuchen da gelassen, hätte keinen Bissen mehr runtergekriegt."

„Schrecklich!" Frau Groß schüttelte sich. „Ich glaub´ die is´ krank."

Wieder starrten sie vor sich hin. „Hier im Dorf gab´s einige, die war´n nicht ganz richtig im Kopf", bemerkte Frau Wietfeld nach einer Weile, „ kennen Sie noch Maxe? Nein? Immer auf der Suche nach Frauen. Seine eigene ist durchgedreht und verschwunden. Er war wieder frei und gab Annoncen auf: Suche Frau zum Verwöhnen. Aber lange hielt es keine ...

„Huch, da draußen läuft auch gerade so eine dunkle Gestalt vorbei! Das wird doch nicht der verrückte Junge sein von Frau Heidmeyer, der schon wieder betteln kommt!", rief Frau Groß. „Es wird einem ja ganz anders hier. Wissen Sie eigentlich, dass er letztens Frau Berger eine Nachricht geschickt hat? Ja, was da drinstand, möchten Sie wohl gerne wissen, was? Na, ich sag´s Ihnen. Auf dem Papier stand: „Frau Berger, legen Sie 500 Euro in kleinen Scheinen Samstagmittag auf die Stufen beim Haupteingang unserer Bartholomäus-Kirche. Wenn nicht, werden sich die Schweinereien Ihres Mannes wie ein Lauffeuer verbreiten." - „Was für Schweinereien denn?" - „Na, der hat sich doch vor den Zug geschmissen! Und der Junge weiß angeblich, warum."

„Der sollte sich lieber um seine Mutter kümmern und mit ihr mal auf den Friedhof gehen. Das Grab von seinem Vater sieht ja aus! Ewig keine Blumen, alles voller Laub, richtig verwahrlost. Das könnte doch der Sohn mal saubermachen. Aber sie sagt ja immer: Die Toten soll man ruhen lassen! - Übrigens, hab gestern bei Ihnen gegossen, Frau Wietfeld." - „Schön. Ist noch alles in Ordnung?" „Ja, die Stiefmütterchen blühen noch gut."

Frau Groß erhob sich, doch die Nachbarin wollte sie noch nicht gehen lassen.

„Ich bin ja so froh, dass Sie mich noch ab und zu besuchen kommen, Frau Groß", sie drückte sie auf ihren Platz zurück. „hab heute mit Mühe meine Kartoffeln gepflanzt. Nächste Woche noch ne Rabatte Erbsen, mehr schaff´ ich nicht.

Der Gärtner hat mir schon lange versprochen, hier vorm Haus alles umzugraben, pflegeleicht soll es werden, wissen Sie? Genau wie auf dem Grab. Aber der hat doch Krebs; wer weiß, ob der noch kommt."

Frau Groß versuchte, die Falten auf dem Tischtuch glattzuziehen. „Ja, ja, ich weiß. Ha´m Se mir schon ´n paar mal erzählt. Machen Se sich nicht verrückt mit dem Garten! - Ach, … was ich noch fragen wollte, Sie waren doch letztes Mal bei dem Spielenachmittag von der Gemeinde, ich hab´ schon überlegt, ob ich mal mitkomme. Was spielt ihr da eigentlich? Nur „Mensch ärgere dich nicht"? Und … sind da überhaupt auch mal ... Männer dabei?" – „Männer? So alte gibt´s doch gar nicht mehr! Einer läuft da immer rum, der guckt so kritisch, was wir da machen! Und mischt sich immer ein, will uns noch was beibringen. Der war wohl mal Lehrer, oh, schrecklich! Letztes Mal haben wir so was mit Dreiecken gespielt, die musste man irgendwo draufstecken, so richtig kapiert hab´ ich das nicht, aber es hat Spaß gemacht. Er schlich jedenfalls wieder so um unsern Tisch mit diesem Blick und da hab´ ich ganz schnell gesagt: „Alles besetzt!"

Frau Groß seufzte vernehmlich. „Nö, wenn das so is´. Dann hab ich da wohl nix verlorn." Sie blickte ganz in Gedanken versunken hinaus, doch plötzlich, mit einem

Ruck, sprang sie auf. „Ach du Schreck! Gucken Se mal aus dem Fenster! Da kommt ja Frau Berger angeschlurft. Ich mach mich jetzt vom Acker! - Wer weiß, warum sich ihr Mann vor´ n Zug geworfen hat?! Kein S t e r b e n s wörtchen verliert sie darüber! Bestimmt irgendwelche schmutzigen Geschäfte! Wüsste zu gern, was dieser Bengel rausgekriegt hat! Also tschüss dann ...“

Dorfklatsch – 3 Jahre später

Die alte Frau war aufgestanden. Normalerweise saß sie stundenlang in ihrem Sessel auf der Terrasse, starrte vor sich hin oder machte ein Schläfchen. Für ein paar Tage waren nun aber ihre Töchter gekommen, um für sie einzukaufen und sie ein bisschen zu verwöhnen. Die Ältere, Anna, kam gerade ganz zerkratzt aus dem Garten. „Also man schafft es ja noch nicht mal bis zum Kompost, alles voller Dornen und Brennnesseln! Wo ist die Baumschere?“ „Nein, du schneidest mir nichts im Garten ab!“, rief ihre Mutter. "Hier bestimme ich!“ -

„Was sein muss, muss sein!“, kam es zurück und schon war Anna verschwunden.

Barbara, die Jüngere, beschwichtigte ihre Mutter wie eh und je. „Lass sie doch, die paar Brennnesseln! Guck mal, kannst du mir das Loch hier stopfen?“

Die Mutter beugte sich über die Stopfarbeit und war schnell abgelenkt. Nach einer Weile hielt sie inne und schien zu horchen. „Hörst du einen Vogel hier? Nichts. Früher haben sie so schön gesungen. Die sind wohl alle vergiftet.“ „Ja, Mama, ich weiß“, seufzte die Tochter.

Nach einer Weile hielt sie ihr die Zeitung hin: „Du, Mama, hast du das schon gelesen? Da hat doch tatsächlich jemand eine junge Mutter mit Kind vor den Zug gestoßen. Ist das nicht furchtbar?“ - „Am Lippesee sind bei dem Wetter jetzt auch bestimmt viele, ne?“ -

„Hm. - Du magst doch so gerne Erdbeern. Hier, iss die doch. Vom Markt."

„Hmm, die schmecken ja schon richtig gut. - „Aber es ist doch August, eigentlich keine Erdbeerzeit mehr." - „Die schmecken aber schon gut."

Da bog ihre Nachbarin Frau Groß mit dem Fahrrad um die Ecke. "Frau Wietfeld, Sie haben ja heute Unterhaltung, kann ich ja weiterziehn." - „Nein, bleiben Se doch, Frau Groß!" kam es wie aus einem Mund, die andere Tochter war nach ihrer Schneideaktion wieder klammheimlich aufgetaucht. Die Groß kam viel herum und nahm kein Blatt vor den Mund. Eine willkommene Abwechslung!

„Mein Sohn hat mich heute Morgen angerufen, also der hat's ja so mit der Gesundheit seit der Darm-Op. Fragt der mich doch ständig, wie meine Verdauung war. Also das geht mir jetzt zu weit."

„Ach, Frau Groß", fragte die jüngere Tochter, „ist das der, der die neue Freundin hat, die er beim Klassentreffen neulich sozusagen wiederentdeckt hat?" - „Wo denkst du hin, Barbara, der doch nicht! Der lässt keine Frau an sich ran! Der mit seinem Darm! Nein, das ist der andere, Peter. Zuerst war er ja ganz begeistert und ich heilfroh, dass er endlich wieder eine Freundin hat. Obwohl er ja impotent ist. Hat eben früher zu viel gesoffen, als er mit der Band herumgezogen ist. Bleibt nicht aus bei so nem Leben! Aber sie scheint es nicht gestört zu haben. Im Gegenteil: sie klammert! Er sagte, er wär doch kein Frauenflüsterer. - Ach, da fällt mir 'n Witz ein! Ich kann zwar eigentlich keine Witze erzählen, aber den habe ich gerade heute gehört: Ein Bischof fährt mit seinem Chauffeur über Land, es wird heiß und sie kommen an einen See. Der Chauffeur will schwimmen gehen, aber der Bischof ziert sich, weil er keine Badehose hat. „Ist doch keiner da, gehen Sie einfach rein, so herrlich erfrischend!" ruft ihm der Chauffeur zu. Der Bischof überwindet sich und folgt ihm. Als sie wieder herauskommen, steht plötzlich eine Reisegruppe vor ihnen. Der Bischof bedeckt augenblicklich seine Scham mit den Händen, der Chauffeur ruft ihm zu: „Machen Sie die Hände lieber vors Gesicht. Da unten kennt Sie doch keiner."

„Frau Groß, hören Sie noch was? Die Vögelchen singen nicht mehr. Wo sind die bloß alle geblieben?"

Inge Groß warf den beiden Töchtern einen vielsagenden Blick zu. „Also mein Sohn sagt, du bist doch komplett dementiert, Mutter! - So was muss i c h mir sagen lassen, auch nicht so schön!"

Sie blätterte etwas lustlos in der Zeitung, schlug die Todesanzeigen auf. „Guck mal, 31 geboren, hier 35, also eigentlich wär ich eher dran gewesen.

Ich habe gestern übrigens Frau Hoffmann besucht. Seit ihrem Unfall sitzt sie im Rollstuhl und sie jammert wie verrückt. Dabei hat sie ne ganz reizende Polin, die sich um sie kümmert. Ich hab ihr gesagt, jammern Se nicht so viel, Frau Hoffmann, jeder hat nun mal mit dem Alter zu kämpfen. Man muss das aushalten. Was bleibt einem denn anderes übrig? Wollen Se sich vielleicht aufhängen? Das schaffen Se sowieso nicht mehr! Also sein Se froh, dass Se so ne nette Betreuung haben. Das ist nämlich nicht selbstverständlich. Manche von den Polinnen heulen nur, weil sie so dolles Heimweh haben. Oft haben sie kleine Kinder, die sie zurücklassen müssen, das ist auch schrecklich! - Also Sie haben's gut, wollt ich nur sagen!

Nach dieser Standpauke war die Frau Hoffmann ganz verändert. Sie hat mich, stellen Sie sich das mal vor, direkt umarmt und gesagt: Ach Frau Groß, Sie haben ja Recht. Wie konnt ich nur so jammern, wo's andern doch viel schlechter geht!"

„Sie sind ein Engel, Frau Groß", sagte Anna. „Und wie fit Sie sind. Mein Gott, und schon fast 90!"

„Ihr wisst doch, ich geh jede Woche tanzen, 2 Euro pro Monat. Ich habe denen schon gesagt, ich zahle nicht ein Jahr im Voraus, sondern Monat für Monat. Man kann doch nie wissen! Manche von den andern heben ihre Beine überhaupt nicht richtig, die schlurfen immer so. Ich kann das gar nicht haben! Und dann müssen wir ja manchmal vortanzen, ich bin die Älteste, ich will nicht mehr. Die sagen aber immer: Ohne Sie geht's nicht!"

„Nun nehmen Se doch eine Erdbeere, die sind schon so lecker", die alte Frau schob ihr einen Teller mit Früchten über den Tisch. „Schon so lecker? Mensch Meier, dass es im August überhaupt noch Erdbeeren gibt!" „Die schmecken doch schon, oder?" „Ja, ja!" Sie seufzte. „ Muss jetzt gehen. Ist ja schon nach sechs. Jetzt komm ich auch noch zu spät zu meiner Lieblingssendung: Gefragt-Gejagt! Was fürs Gehirn. Ich muss los!"

AS

Hintergründe

Bielefeld. Frau schießt mit Schreckschuss-Pistole...

Aus dem Gerichtssaal

Ein Gerichtssaal; ein Richter, Frau Weidemann, Frau Schulzenmeier

Richter: Frau Weidemann, nun erzählen Sie mal, wie kam es denn dazu, dass Sie auf Frau Schulzenmeier zwei Schüsse aus Ihrer Gaspistole abgegeben haben?

Weidemann: Wie es dazu kam, ja, also, sie hat mich beleidigt und wollte auf mich losgehen, Herr Richter.

Richter: Ja, was hat sie denn gesagt, können Sie das etwas genauer schildern?

Weidemann: Ja, was hat sie gesagt, - Mövchen, kleines Flittchen, und solche Sachen.

Schulzenmeier: Jawohl, das ist sie auch. Erstens stellt sie immer den aufgespannten Schirm ins Treppenhaus, so dass ich kaum vorbei komme, wenn ich mit meinem Bello Gassi gehen will, und dann macht sie meinem Hans schöne Augen. Sie hat ihm schon ganz den Kopf verdreht.

Weidemann: Pha, das hab ich gar nicht nötig, der läuft mir von selber hinterher. Kein Wunder auch bei der, bei der . ..

Richter: Sie behaupten also, Frau Schulzenmeier, dass Ihre Nachbarin, Frau Weidemann, Ihrem Gatten nachstellt.

Schulzenmeier: Das ist nicht mein Gatte, das ist mein Verlobter. Jawoll, Herr Richter, ich habe sie beide neulich im Treppenhaus Arm in Arm gesehen.

Richter: Stimmt das, Frau Weidemann?

Weidemann: Nein, das stimmt nicht, Herr Richter. Ich hab den Hans unten im Flur getroffen, er kam gerade vom Goldenen Anker nach Hause, und er schwankte etwas und kam nicht mehr alleine die Treppe hinauf. Da wollte ich ihm helfen und habe ihn am Arm gezogen. Er war ganz schön schwer, Herr Richter. Aber weil es doch heißt, man soll seinem Nächsten helfen, …

Schulzenmeier: Und dann hat sie ihm auch noch geholfen die Schuhe auszuziehen, die Schlampe.

Richter: Frau Schulzenmeier, ich muss Sie bitten, …

Weidemann: Die Schuhe waren nass und voll Lehm, sollte er so vielleicht in die Wohnung gehen? Aber bei denen in der Wohnung hätte es wohl nichts ausgemacht, da sieht es sowieso immer aus wie im Tierpark im Wildschweingehege.

Richter: Frau Weidenmeier …

Schulzenmeier: Das lasse ich mir nicht bieten von einer, bei der das ganze Treppenhaus nach Knoblauch stinkt, wenn sie einmal kocht. Das muss sie in Rumänien gelernt haben bei ihrem Ex-Freund. Wo ist der eigentlich? Den hab ich schon länger nicht mehr …

Richter: Kommen wir jetzt zur Sache. Ich rufe den Zeugen Kevin Hohlmann in den Zeugenstand. Herr Wachtmeister, können Sie mal das Fenster öffnen?

PB

Kunst – verständlich gemacht

Grüß Gott, Frau Rath

„Grüß Gott, Frau Rath, ich seh' Sie eben hier,
da fiel mir ein dass ich Sie …" „Ach, Herr Kleine,
ich bitt' Sie sehr, tun's den Gefallen mir,
und lassen's mich doch bitteschön alleine.

Das Mädchen hat gekündigt, sie ist fort-
gefahr'n zu ihrer Mutter nach Walsrode.

Das Haus ist schmutzig, Gäste kommen heut,
der Schneider liefert nicht die Garderobe.

Mit meinem Gatten hatt' ich einen Streit,
das Kind ist von der Seit' mir kaum gewichen.
Für süße Reden hab ich keine Zeit."
„Verzeihn's, ich hab' … die Bank
… ist frisch gestrichen."

PB

Achtung Kinder

Es war einmal eine Stadtverwaltung. Die hatte eine neue Schule gebaut. Nun stellte sie an der Straße ein neues Schild auf: Achtung Kinder!

Am nächsten Tag stand in der Zeitung: Nur Männer sind auf dem Schild zu sehen. Gibt es in unserer Stadt keine Frauen?

Bald darauf stellte die Stadtverwaltung ein neues Schild auf:

In einem Leserbrief stand: Typisch Stadtverwaltung. Eine Mutter bringt ihr Kind zur Schule. Ist bei den Oberen noch nicht angekommen, dass Mütter heutzutage auch arbeiten gehen?

Daraufhin stellte die Stadtverwaltung ein neues Schild auf:

Ein Leser schrieb: Auf dem Schild führt ein Erwachsener ein Kind über die Straße. Dies ist eigentlich keine Situation, die die erhöhte Aufmerksamkeit des Autofahrers erfordert. Kann die Stadtverwaltung mal etwas mehr Gehirnschmalz aufwenden, wenn sie ein Schild aufstellt?

Bald stand da ein neues Schild.

Eine Elternversammlung der Schule gab zu Protokoll: Mit diesem Schild wird den Kindern das falsche Beispiel aufgezeigt. So sollen sie eben nicht die Straße überqueren. Die Verantwortlichen in der Verwaltung glänzen wieder einmal durch Gedankenlosigkeit.

Die Stadtverwaltung stellte daraufhin dieses Schild auf:

Bald darauf stand in der Presse: Diese Figuren sind wohl dem Struwwelpeter entsprungen. Demselben Jahrhundert sind offensichtlich auch die Verantwortlichen in unserem Rathaus geistig verhaftet.

Jetzt steht da dieses Schild:

€€

PB

Gespräch im Garten
an einem lauen Sommerabend

- Ich wär' so gern eine Blume.
- Wirklich? Warum?
- Dann könnte ich die ganze Zeit draußen leben unter freiem Himmel und mir den Wind um die Blüte wehen lassen, die Sonne genießen. Ach, wär' das schön.
- Und den Regen.
- Den würde ich genießen, er brächte Erfrischung und Kühle.
- Und große Hitze im Sommer und Trockenheit.
- Ich würde mit meinem Wasser haushalten und die Trockenheit überstehen. Die Sonne gäbe mir Kraft.
- Der Frost würde dir zusetzen.
- Daran wäre ich gewöhnt. Ich verminderte meine Aktivitäten auf ein Minimum. Über der Erde machte ich mich so klein wie möglich, unter der Erde so lang wie möglich. Und der Schnee würde mich schützen.
- Du könntest dich nicht bewegen und müsstest immer am gleichen Platz bleiben. Das wäre öde.
- Wozu sollte ich herumreisen, wenn ich alles hätte, was ich bräuchte, Nahrung, Wasser, Luft, Licht und den Sternenhimmel.
- Ein Tier würde kommen und dich fressen.
- Ich schmeckte bitter, es würde mich nicht mögen.
- Nach wenigen Jahren wärst du am Ende und bereit für den Kompost.

- Ich würde meine Jahre genießen, Tag und Nacht. Warum sollte ein langes Leben als Mensch genussvoller sein als ein kurzes Leben als Blume? Ich würde die Jahre nicht vermissen.
- Die Freuden des Menschenlebens würden dir entgehen. Die unbeschwerte Kindheit, die Liebeswonnen der Jugend, das Aufwachsen deiner Kinder unter deinen Augen.
- Ja, als junge Pflanze könnte ich doch dem einen oder anderen Tier schmecken, und ich lebte in Furcht. Aber leben Menschenkinder nicht auch in Furcht? Was die Liebeswonnen angeht, so breitete ich meine Blütenblätter aus, und der Besuch der Bienen und anderen Insekten brächte mir mindestens ebensol-

chen, wenn nicht höheren Genuss. Und meine Kinder, sie wüchsen zahlreich in meiner Nähe auf.

- Du könntest nicht fühlen, riechen, schmecken, hören, sehen.
- Das ist nicht gesagt. Im Übrigen, diese Kategorien beträfen mich nicht. Meine Sinne erfassten so viel mehr als deine.
- Du könntest nicht denken, hättest keinen Verstand.
- Ich bräuchte ihn nicht. Ich hätte meine Instinkte. Denken verleitet nur zum Grübeln; Verstand, diese aufgeplusterte Form des Instinkts, macht nicht unbedingt glücklich.
- Ich sehe schon, ich kann dich nicht überzeugen. Hmm, ich glaube, ich wäre lieber ein Baum.
- Ja, wirklich?
- Ja, denn dann …

PB

Aus der Bahn geworfen

Markus muss heute pünktlich um elf in Dortmund sein zu einer wichtigen Verabredung. Doch dummerweise hat er den Wecker nicht gehört. Oder hat er nicht geklingelt? Kaum zu glauben, dass er dann doch noch den 8.30 Uhr Zug nach Dortmund erreicht, buchstäblich in letzter Sekunde.

Völlig abgehetzt macht er sich auf die Suche nach einem freien Platz. Im ersten Abteil ist alles besetzt.

Dann endlich im dritten scheint am Fenster etwas frei zu sein. Doch der Platz wird von einem jungen Pärchen als Abstellfläche genutzt.

Hans (mit süß-säuerlicher Miene): Ist der noch frei?

Der junge Mann nimmt lässig die Füße vom gegenüberliegenden Platz sowie den Rucksack seiner Freundin und sagt zögernd: Ja.

Hans sieht ihn durchdringend an, sagt aber nichts und zieht seinen Mantel aus, holt die Zeitung hervor und will nur noch seine Ruhe. Neben ihm sitzt eine ältere, mit diversen Ketten und Schmuckstücken behängte Frau, die versucht, ein Kreuzworträtsel zu lösen. Eine junge Mutter mit Kind auf dem Schoß döst vor sich hin. Das Pärchen gegenüber ist keinesfalls entspannt. Sie ist mit ihrem Handy beschäftigt.

Er (gereizt): Stell das Ding endlich ab. Wenn einer anruft, verplapperst du dich nur!

Sie: Mit meiner besten Freundin werd' ich mich ja wohl noch schreiben dürfen, die versteht mich wenigstens.

Er: Weiß Ina etwa davon? Du hast mir versprochen, dass keiner etwas erfährt.

Sie: Nur Ina, reg dich ab. (seufzt) Im übrigen bin ich mir noch nicht so sicher.

Er (wird laut): Das gibt's doch nicht! Wir haben doch alles...(Jetzt wird ihm bewusst, dass er mit seiner Freundin nicht allein im Abteil ist, guckt kurz zu Markus herüber und flüstert auf sie ein.)

Markus wird aus seinen Gedanken gerissen, tut ganz unbeteiligt und schlägt eine neue Seite auf. Die anderen scheinen nichts zu merken.

Inzwischen haben die beiden sich wieder etwas beruhigt, er streichelt ihre Hand. Doch die hektischen Flecken an ihrem Hals verraten, wie angespannt sie ist.

Sie (stöhnt): O Gott, wenn meine Mama das wüsste! Und wenn was schiefgeht?

Er: Pscht! Sei ganz ruhig. Alles wird gut!

Sie: O nein, alles wird gut, weißt du doch nicht! Wie ich diesen blöden Spruch hasse!

Er (zischt): Silke, leiser, um Gotteswillen! Müssen denn alle ...?

Sie (springt auf und packt ihn am Arm): Dir geht's doch nur um deine Familie und deine Scheiß-Karriere! Oh, wenn Papi wüsste, was Sohnemann angestellt hat und dann noch mit so einer. Oder weiß er es sogar? Hat er etwa...

Er (drückt sie wieder auf ihren Platz): Silke, wie kommst du denn darauf? (Und mit einem bangen Seitenblick auf Markus): Bitte, reiß dich zusammen! Wir können uns doch hier nicht zoffen, vor all den Leuten!

Sie: Ach, ist mir doch egal! Ich kann jetzt nicht so cool sein wie du, ich weiß nicht, ob ich das aushalte, schließlich ...- (Ihr Handy klingelt.) Ach endlich, Ina, du glaubst gar nicht, ... (Sie geht hinaus.)

Schweigen.

Die junge Mutter schlägt das Bilderbuch zu. Das Kind auf ihrem Schoß fragt: Mama, was hat die?

Mutter: Das verstehst du noch nicht. So, wir müssen jetzt los. Wiedersehn.

Markus (in Gedanken versunken): Wiedersehn.

Die Auseinandersetzung der jungen Leute ist ihm nahe gegangen. Er seufzt.

Der junge Mann sitzt auf seinem Platz, er ist zerknirscht.

Markus: Ich möcht' mich ja nicht einmischen, aber ... haben Sie sich das auch gut überlegt, immerhin …

Der junge Mann (völlig verblüfft): Ha.. Haben Sie etwa alles mitbekommen? Also halten Sie sich da bitte raus.

Markus: Entschuldigung, bitte verstehen Sie mich nicht falsch. Ich.. muss Ihnen nur unbedingt etwas sagen. Ich war selber einmal in einer ähnlichen Situation wie Sie. Ich hab es ein Leben lang bereut, dass ich damals...

Die Tür des Abteils wird geöffnet. „Die Fahrkarten bitte!" Geschäftiges Herzeigen, Schweigen.

Das Mädchen erscheint: Komm, Jan, hast du die Durchsage nicht gehört? Wir sind da! Los!

Er (etwas benommen, unschlüssig): Sollen wir wirklich ...?

Sie: Was ist denn jetzt los? Jan, wir müssen aussteigen, bitte!

Er steht auf. Im Weggehen schaut er sich nach Markus um. Sie nicken einander zu.

AS

Literatur

Der Dichter und sein Leser

Küsset den Dichter die Muse,
so fühlt er erstaunt sich beglückt.
Packt dann den Leser das Werk,
ist er desgleichen entzückt.

PB

Der Keller meines Ich

Der Gast des heutigen Abends ist ein bekannter Literaturwissenschaftler und Autor, der den Zuhörern hoffentlich einige Tricks und Techniken zum Thema Schreiben und Schriftstellerei verrät. Gespannt lauschen sie. Manche zücken einen Notizblock, man kann ja nicht wissen, ob nicht das ein oder andere von Nutzen ist.

Das erste Statement heißt: Jeder kann dichten! „Siehste", flüstert Hilde ihrer Freundin Gaby zu, „ich weiß nur nicht, warum kein Schwein meine Gedichte lesen will." Ihr Vordermann dreht sich um: „Pscht!"

Der Autor dort am Podium versucht nun nach und nach, die Geheimnisse der Schreibkunst zu lüften, sie sozusagen für jedermann sichtbar zu machen. Er wiederholt sein Credo: Jeder kann dichten. Na, dann erst recht normale Texte schreiben, denkt Gaby und sieht schon ihr in der Schublade vor sich hinschlummerndes Manuskript auf dem Bestseller-Tisch bei Thalia. Das Handwerkszeug über Techniken wie Form und Stil eines Textes könne man sich zwar aneignen – wie, ist heute nicht Thema des Abends – doch der Stoff selbst entstehe in einem kreativen Schöpfungsakt, für uns unsichtbar und unergründlich.

Enttäuschtes Schweigen. „Und wo ist die Quelle des Schreibens?" traut sich eine Hörerin aus der ersten Reihe zu fragen. „Im Keller des eigenen Ich", lautet die Antwort. Dort müsse man mutig genug hinabsteigen, um alles Vergessene, das längst in die Tiefen unserer Seele gesunken sei, aufzuspüren.

Überhaupt sei der Anlass zum Schreiben fast immer ein selbst-therapeutischer. Enttäuschungen und Verletzungen werden aufgearbeitet, Angst-behaftetes Außersich-sein findet einen Ausdruck, uns zugefügte Kränkungen, die wir lange ertragen haben, werden kompensiert. Ein guter Text weise über sich selbst hinaus, sei voller Botschaften.

Nun kommt er zu der Frage: Wie unterscheidet sich ein guter von einem schlechten Text? Gibt es genaue Kriterien für poetische Wirkung und ästhetische Kraft? Ja, aber sie sind schwer zu fassen, müssen oft mühsam erlernt werden.

Der Autor als sein erster Leser wundert sich oft über sich selbst, über das, was er aus den Tiefen seiner Seele hervorgezaubert hat, über das Wunder, Worte gefunden zu haben für das Ungesagte, Worte, die ins Herz treffen; denn: Das Genie gibt sich selbst die Regeln, betont der geladene Gast des heutigen Abends nachdrücklich.

Am Ende ist er ratlos wie die Zuhörer. Der schöpferische Akt des Schreibens bleibt ein Geheimnis.

AS

Ein Dichter

Ein Mensch versucht wohl mit Gedichten
die Wirrnis seines Hirns zu richten.
So setzt er kunstvoll Wort an Wort,
der Eifer reißt ihn mit sich fort.
Er mischt den Jambus und Trochäus,
den Anapäst und den Daktylus.
Am Zeilenschluss braucht's keinen Reim,
dies wird ein großes Kunstwerk sein.
Was er uns sagt - ihr ahnt es schon -
erklärt die Interpretation.

PB

Kreuzung

Ich bin zu einer Kreuzung gekommen
Dort gab es der Wege drei
Ihr Ende sah ich nur verschwommen
Ich hab' den mittleren genommen
Vielleicht war es einerlei

PB

Fragmente der Literatur

Nach Alexander Puschkin

Oft dachte ich an diesen schrecklichen Familienroman: Ich stellte mir die Schwangerschaft der jungen Ehefrau vor, ihre schreckliche Lage und die ruhige, vertrauensvolle Erwartung des Ehemanns.

Schließlich bricht die Stunde der Niederkunft an. Der Ehemann wohnt den Qualen der geliebten Verbrecherin bei. Er hört die ersten Schreie des Neugeborenen; im Taumel der Begeisterung stürzt er auf seinen Säugling zu und erstarrt...

(Alexander Puschkin, Fragmente)

„Hier, nehmen Sie sie, mein Herr."

Kaum hört er die Worte der Hebamme. Sein Hirn arbeitet fieberhaft.

„Baden Sie sie in dem Becken nebenan."

Er erschrickt aus seiner Benommenheit, streckt wie im Taumel die Arme vor und lässt das Kind hineinlegen. Es ist leichter als er dachte. Er dreht sich um und schreitet zum Nebenraum, wo eine Schüssel mit Wasser auf einer Anrichte steht. Vorsichtig fühlt er mit den Fingern der linken Hand die Temperatur, sie ist lauwarm. Wahrscheinlich haben die Frauen sie vorher sowieso richtig eingestellt. Er senkt das Kind in das Becken und wundert sich, dass die junge Haut das Wasser schon verträgt.

Das Kind scheint das Wasser zu genießen. Er hebt es heraus und lässt es wieder sinken. Suchend inspiziert er die Züge und den Teint des verknautschten Gesichts. Er hat noch keine anderen Babys in diesem Zustand gesehen, es fehlt ihm der Vergleich, aber was ihm da entgegenblickt, die Farbe der Haut, die Partie der Augen, ist ihm fremd. Sind alle Babys so dunkel, wenn sie neu sind? Er möchte etwas Vertrautes finden, aber es gelingt ihm nicht. Es braucht vielleicht seine Zeit, denkt er. Man muss vielleicht einige Tage abwarten.

Er sitzt auf dem Sofa ihres Wohnzimmers. Seine Frau sitzt neben ihm und wiegt die neugeborene Tochter. Er schaut zu seiner Ehefrau, dann hinüber zum Kind, das noch genauso aussieht wie vor zwei Tagen, dann wieder zu ihr, aber sein Blick trifft nicht den ihren. Sie scheint angespannt, wo sie doch entspannt sein sollte. Er denkt daran, wie die Hebamme, als sie sich verabschiedete, so merkwürdig war, so kurz angebunden. Und die Dienstmädchen, die das Neugeborene in Augenschein genommen haben, so schnell wieder verschwunden sind. Er glaubt auch ein Kichern gehört zu haben.

„Sind, sind alle Babys so?", fragt er nach einer Weile.

„Wie meinst du?", fragt sie.

„So komisch, so dunkel, so, die Haare …"

Sie antwortet nicht. Sie hat damit gerechnet, dass dieser Zeitpunkt kommen könnte, sie hat ihn gefürchtet. Und jetzt, wo er da ist, fühlt sie sich leer, fast schwebend, als hätte man ihr den Boden unter den Füßen weggezogen, hilflos.

Wie ihre Zukunft aussehen wird, weiß sie nicht. Sie ist an das Leben da draußen nicht gewöhnt. Vielleicht könnte sie zu ihren Eltern zurückgehen, ganz weit weg, in die Provinz. Den Luxus würde sie nicht vermissen, sie hatte sich nie viel aus ihm gemacht. Die Etikette und die Verpflichtungen gingen ihr manchmal auf die Nerven, wenn sie sich danach sehnte, mit ihrem Mann allein zu sein.

Aber die Gesellschaft um sie herum, die würde sie doch vermissen, wenn sie, jahrein, jahraus in dem kleinen Ort ihr Leben würde fristen müssen. Einen neuen Ehemann würde sie dort bestimmt nicht finden. Und das Kind in dem Nest, wie würde es aufgenommen? Ach, sie wusste es nur zu gut.

Sie denkt zurück an jenen Tag, als sie Amit Shah, den indischen Arzt empfing, der ihr von einer Freundin empfohlen worden war, und der ihre chronischen Kopfschmerzen kurieren sollte. Er könne Wunderdinge vollbringen, hatte sie gesagt, er sei ein indischer Arzt mit ungewöhnlichen Heilkräften.

Sie hatte ihn kommen lassen, und er war einen Tag früher gekommen als erwartet, da einer seiner Patienten verstorben war. Ihre Zofe war noch nicht wieder zurück, sie hatte für diesen Tag frei bekommen und war zur Taufe ihrer Nichte nach St. Petersburg gefahren. Ihr Gemahl war schon seit 14 Tagen zu dienstlichen Besprechungen in Moskau und würde erst in drei Tagen wieder zu Hause sein.

Dies war der dritte Besuch des Arztes, und nach jedem der beiden vorhergehenden hatte sie sich besser gefühlt. Nun hatte sie volles Vertrauen zu ihm gefasst, und er schien sie zu verstehen wie kein anderer.

Er hatte diesmal eine Medizin mitgebracht, sie schmeckte süß und nach Alkohol. Sie trank sie wohlgemut, und noch ein zweites Fläschchen, und fühlte sich ganz leicht. Sie lachten und tanzten im Raum umher, und plötzlich hielt er sie in seinen Armen und drückte sie sanft an sich. Sie war überrascht und wusste nicht, was sie tun sollte. Als er sie so hielt, spürte sie etwas, das sie lange nicht gespürt hatte, und sie ließ es geschehen. Seine Hand glitt über ihr Haar, und sie hob den Kopf, sah in seine Augen, und er beugte sich herunter und berührte ihre

Lippen mit den seinen. Sie wusste, es war nicht richtig, aber sie fühlte sich unfähig, etwas dagegen zu tun. Er hob sie hoch und trug sie zu dem Sofa, dem roten Sofa mit den Blumenstickereien darauf. Er schob ein Kissen unter ihren Kopf und küsste sie wieder. Draußen hatte die Dämmerung eingesetzt, und seine Silhouette hob sich gegen das Fenster dunkel ab. Die Katze machte ein Geräusch, wahrscheinlich war sie an den Futternapf gestoßen. Ein Pferd wieherte, und der Wind bewegte die Baumwipfel. Sonst war es still im Haus.

PB

Das Leben der anderen

Es dunkelt
schon wieder
ist etwas zu Ende
etwas von meinem Leben
verstrichen
für immer vorbei

Ich warte
auf das Abendbrot
den Abendfilm
den Abendtrunk

Ich werde mich
schon bald nicht mehr erinnern
an den heutigen Tag
ein Tag
wie jeder andere

Mein Leben
ein Fortsetzungsroman
wer will das lesen

Aber ich
bin die Hauptfigur
ich
habe es in der Hand
ich werde
aus meinem Leben
etwas machen

Familie gründen

oder nach
Honolulu fahren
ein Projekt in Afrika
durch die Wüste wandern
oder
in den Kirchenchor eintreten

Doch noch nicht gleich
ich habe mich eingerichtet
klebe fest
in meiner Sofaecke
lehne mich zurück
mit Chips und Schoko
schalte meine Serie ein

und genieße gespannt wie im Kino
die Abenteuer

und die Geschicke
der anderen

AS

Merkwürdige Gäste

Annette war für einige Zeit nach Mexiko gefahren, und bei der Abreise hatte sie gemurmelt, dass vielleicht zwei Bekannte von ihr in der Zwischenzeit in ihr Zimmer ziehen würden.

Da saßen sie nun am Tisch im Esszimmer, hinten an der schmalen Seite, unter dem Stillleben mit dem Schinken, dem Weinglas und dem Käse. Er, etwas ausdruckslos mit dem Blick nach innen gerichtet, sie, mit lebhaften Augen in die Runde schauend. Sie hatten beide merkwürdige Gewänder an, die an Nepal oder Indien erinnerten, aber, na ja, Annette war ja auch etwas esoterisch angehaucht.

Es war Donnerstagabend, und wie jeden Donnerstag seit ein paar Wochen saßen alle Bewohner der WG um den Esstisch herum, um gemeinsam zu speisen. Heute hatte Heike gekocht, und es gab Spaghetti Bolognese und einen puddingartigen Nachtisch, den ich aber nicht mochte. Unter dem Tisch saß zu Füssen seines Herrchens Hartmut, Kurt, der Hund, ein Mischling aus Terrier und Dackel. Hier war sein Reich. Alles, was an Essbarem vom Tisch fiel, gehörte ihm. Und wehe, es bückte sich jemand, um es aufzuheben; dann beließ Kurt es nicht beim Knurren, sondern schnappte zu. Das hatten Besucher unserer WG schon leidvoll erfahren müssen.

Die beiden Neuen waren recht schweigsam, aber so viel hatte ich heraus gehört, dass sie anscheinend zu einer religiösen Vereinigung gehörten, die sich in Bielefeld niedergelassen hatte, und eine Unterkunft suchten. Er hieß Swami Vishnu-Devananda, wenngleich er offensichtlich Deutscher war, und sie Eveline, erfuhren wir. Es berührte mich merkwürdig, dass der Mann das Essen von der Frau serviert bekam, sie füllte ihm den Teller auf, schob ihm das Glas Wasser hin, das Brot. Er selbst saß da stoisch, scheinbar teilnahmslos, und aß bedächtig vor sich hin. Nun, wir waren zu siebt in der WG und hatten ständig Besuch, worunter sich auch einige skurrile Figuren befanden, also kümmerten wir uns nicht weiter darum.

Dann sah ich, wie Kurt auf den Schoß von Swami Vishnu sprang. Anscheinend war ihm etwas Essbares heruntergefallen. Swami Vishnu riss als Reflex den Arm hoch, mit dem er gerade eine Ladung Essen hielt, und die Portion landete als brauner Fleck auf seinem roten Gewand. Ich musste laut lachen, meine Mitbewohner ebenso, und Hartmut rief „Kurt, komm her! Kommst du wohl?"

„Passt aber farblich zum Gewand", sagte ich. Mich traf ein scharfer Blick des Besitzers, der mich etwas irritierte, aber sofort war das Gesicht wieder die unbewegte Maske.

Das Essen war bald beendet, und die beiden Neuen zogen sich in ihr Zimmer zurück.

„Etwas eigenartig sind die schon", sagte Gerald, „na ja, mal abwarten. Übrigens, unser Gras geht langsam zur Neige. Hoffentlich bringt Annette Samen aus Mexiko mit."

Ich verabschiedete mich von der fröhlichen Raucherrunde, die sich nun bildete, denn diese Runden, die oft in eine Art Session mit Gitarrenmusik und Gesang übergingen, nicht schön, aber laut, zogen sich meist in die Länge, und ich musste am nächsten Morgen früh zur Arbeit. Auf dem Weg in mein Zimmer hörte ich unten im Flur einen monotonen Gesang, der anscheinend aus Annettes Zimmer kam.

Am Mittag des folgenden Tages kam ich nach Hause und ging hinauf in unsere Küche, die vor dem Esszimmer im ersten Stock lag, um mir einen Kaffee zu machen. Swami Vishnu saß auf dem Sofa im Esszimmer, und Eveline kam in der Küche auf mich zu. Ihr Gesichtsausdruck war ernst. „Wir müssen mit dir sprechen. Du hast ‚Seine Heiligkeit' gestern beleidigt. Ich verlange von dir den Respekt, der ihm zusteht. Von jedem hier."

„Seine Heiligkeit?", fragte ich.

„Ja. Und ich werde darauf achten, dass er den Respekt auch bekommt."

Ich wollte eine flapsige Bemerkung machen, aber als ich in ihr Gesicht sah, zog ich es vor, es zu lassen, und dachte bei mir, dass die Leute immer verrückter würden. Aber etwas Verrücktheit konnte ich ertragen, und ich dachte an meinen Aufenthalt in Indien, wo ich eine Menge verrückter Leute angetroffen hatte, nach europäischen Maßstäben jedenfalls.

Ich machte den Kaffee und trug ihn hinunter in mein Zimmer, setzte den Kopfhörer auf, das Tonbandgerät in Bewegung und lauschte der Musik der Rolling Stones, bei der ich mich immer besonders gut entspanne. Dabei beobachtete ich ein paar Amseln, die draußen auf der Wiese saßen und einen halb verfaulten Apfel mit ihren Schnäbeln hin und her schubsten und sich anscheinend nicht entscheiden konnten, an welcher Stelle sie zupicken sollten. Oder spielten sie ein Spiel?

Wir bewohnten einen Altbau mit drei Etagen, den wir ganz für uns allein hatten, mit einer großen Wiese hinter dem Haus; so war Platz zum Ausweichen genug für jeden.

Später ging ich noch einmal zur Küche hinauf, von der Treppe aus hörte ich die Stimme von Anne, meiner Mitbewohnerin. Sie sprach etwas lauter, und oben verstand ich dann, dass sie den Neuen unseren Putzplan erklärte.

„Seine Heiligkeit putzt nicht", hörte ich Eveline sagen.

„Hier putzt jeder", sagte Anne.

So ging es einige Zeit hin und her, die Stimmen wurden immer lauter. ‚Seine Heiligkeit' saß derweil im Esszimmer, wie ich durch den Spalt der Küchentür sehen konnte und tat, als ginge ihn das alles nichts an,. Dann sagte Eveline: "Gut, dann putze ich eben für ihn mit."

„Das könnt ihr machen, wie ihr lustig seid", sagte Anne, als sie mit hochrotem Gesicht an mir vorbei zog in Richtung ihres Zimmers. Ich zog es vor, ihr zu folgen.

„Die denken wohl sie sind was Besonderes", sagte sie.

„Ja, anscheinend. Ich werde nie verstehen, warum Frauen sich an solche Typen hängen."

„Ich auch nicht", sagte sie.

Ich hatte langsam die Nase voll und überlegte, wie man die Beiden wieder loswerden könnte. Als Bekannte von Annette konnten wir sie nicht einfach vor die Tür setzen. Unsere Freunde, Freundinnen und Bekannten waren auch regelmäßige Übernachtungsgäste im Haus. Aber Annette schwirrte irgendwo in Mexiko herum und war vor dem Ende ihrer Reise nicht zu erreichen. Etwas sauer war ich schon auf sie; sie hätte ihre Bekannten besser aussuchen können.

Ein weiteres Hindernis war, dass wir eine WG mit sozialem Anspruch waren. Bei uns durfte jeder übernachten, der gerade ein Bett brauchte. Einmal brachte Gregor eine Kneipenbekanntschaft spät abends aus Mitleid mit, die wir dann morgens im Esszimmer auf der Couch schlafend und schnarchend vorfanden, als wir zum Frühstücken kamen.

Dieser Reisende erzählte uns eine tolle Geschichte, weshalb er in Bielefeld gestrandet war. Und wir sammelten Geld in unserer WG, damit der arme Teufel sich eine Zugfahrkarte nach Berlin kaufen konnte, wo er Verwandte besuchen wollte. Annette vermisste kurz darauf einen Zwanzig-Mark-Schein, der auf ihrem Schreibtisch gelegen hatte.

Am Wochenende waren unsere neuen Mitbewohner verschwunden, ebenso zu Beginn der Woche, und wir dachten, das Problem hätte sich erledigt. Am Donnerstagabend, als wir wieder im Esszimmer um den Tisch herum versammelt waren, saßen sie wieder da unter dem Stillleben wie in der Woche zuvor, er mit unbewegter Miene, sie alles musternd.

Ich war dran mit Kochen und hatte mein Standardessen, Lauchsuppe mit Kartoffeln und Mettwurst gekocht. Es war das einzige Rezept, das ich beherrschte. Ich war gut gelaunt und hatte mir vorgenommen, das Problem mit ‚Seiner Heiligkeit' jetzt, wo alle da waren, anzusprechen.

Das Gericht war fertig und Eveline tat ‚Seiner Heiligkeit' Suppe auf den Teller, schmierte ihm eine Brotschnitte und schob es ihm vor die Nase. Dann nahm sie sich selbst eine Portion. Sie war eigentlich kein hässliches Mädchen, vielleicht 25 Jahre alt, aber sie hatte einen strengen, belehrenden, Autorität suggerierenden Gesichtsausdruck wie viele Menschen, die in der Welt nach einem festen Halt suchen und sich an eine Autorität klammern.

Anne erzählte von ihrem Arbeitstag mit den Russland-Aussiedlern. Sie war heute mit ihnen bei einer Gerichtsverhandlung gewesen, der Angeklagte war aber nicht erschienen. Das hatte die Aussiedler sehr erstaunt, und einer hatte gesagt: "In Russland wär' er worden vorgefiehrt in Ketten." Dabei imitierte sie den Aussiedler-Dialekt, der dem ostpreußischen ähnelt. Dieses sorgte für große Heiterkeit, außer bei unseren Gästen.

Der Suppentopf war nun fast leer.

„Möchte noch jemand etwas, vielleicht ‚Seine Kleinigkeit'?" fragte ich mit Blick auf Swami Vishnu. Ein scharfer Blick traf mich wieder.

„'Seine Heiligkeit' möchte nicht mehr", sagte Eveline. Aber der Schalk ritt mich.

„'Seine Peinlichkeit' möchte vielleicht noch einen Nachtisch?" fragte ich.

„Wir müssen jetzt gehen", sagte Eveline, „es ist Zeit für unser Pranayama." Die beiden erhoben sich und gingen aus dem Zimmer, nicht ohne mir einen giftigen Blick zuzuwerfen.

„Seine Reinlichkeit will sich sicher noch waschen" rief ich hinterher.

„Der hat zu viel gekifft", sagte Gerald. Die anderen schauten sich etwas ratlos an.

Hatten wir nicht schon allerlei merkwürdige Typen zu Gast oder als Mitbewohner gehabt, wie z. B. die Bekannte von Bahman, der inzwischen ausgezogen war. Sie wohnte oben unter dem Dach im Reservezimmer, war Engländerin, immer stark geschminkt und lief tagein, tagaus in einem langen rosa Kleid herum.

Oder Bettina, die immer neue Klamotten trug und regelmäßig um den 20. des Monats herum pleite war und dann einen von uns anpumpte, bis sie von ihrem Vater den neuen Monatsscheck bekam. Später überwies sie die Miete nicht mehr. Zum Glück beglich ihr Vater die offene Rechnung.

Oder Helmut, der Sozialarbeiter, der seine Betreuungskinder wie selbstverständlich mit zu uns brachte, wo sie uns auf die Nerven gingen und mein Taschenmesser stahlen, was Helmut damals heftig bestritt. „Meine Kinder stehlen nicht", sagte er. Aber es konnten nur sie gewesen sein. Später gab es dann ein kleinlautes Geständnis.

Am Mittag des nächsten Tages kam ich nach Hause und ging wie immer hinauf in die Küche, um mir einen Kaffee zu machen. Die Sonne schien durch das große Fenster. Ich trat in das Esszimmer, da saß Swami Vishnu wieder auf dem Sofa, und Eveline stand am Geschirrschrank. „Hallo" sagte ich, aber ich bekam keine Antwort. Ich ging in Richtung Tisch, und Eveline schob sich hinter mir vorbei zur Tür. Dann hörte ich wie sich ein Schlüssel im

Schloss drehte. Ich drehte mich um und sah, wie sie den Schlüssel abzog und wieder zum Schrank hinüber lief. Ich wunderte mich, dass es für diese Tür einen Schlüssel gab; ich hatte noch nie einen gesehen.

„Wir müssen mit dir reden", sagte Eveline mit einer Stimme, die mich erschaudern ließ.

„Was soll das", sagte ich.

„Wir haben dich gewarnt. Du hast Seine Heiligkeit beleidigt."

Dann sah ich, wie Swami Vishnu vor sich auf den Tisch ein Messer legte. Eine Art Dolch mit einer vielleicht 15 cm langen Klinge. Alle meine Sinne spannten sich an. Im Bruchteil einer Sekunde schossen mir meine Alternativen durch den Kopf. Ich musste hier so schnell wie möglich raus, das war klar. Durchs Esszimmerfenster rechts ging es nicht, bis ich das geöffnet hätte, hätte er mich von hinten erwischt. Außerdem hätte ich mir bei der Fallhöhe unten auf den Platten die Knochen gebrochen. Also blieb noch der Weg links durch das Fernsehzimmer in Hartmuts Zimmer. Es war bestimmt nicht abgeschlossen. Oder hätten sie auch hier den Schlüssel – nein, das glaubte ich nicht. Aber dann? Ich musste etwas unter die Türklinke stellen, oder zumindest vor die Tür, und dann durchs Fenster. An dieser Hauswand gab es ein Spalier mit Rankpflanzen, an dem ich versuchen konnte hinab zu klettern. Hartmut und ich hatten uns einmal diese Möglichkeit angesehen. Ich war nicht schlecht im Klettern, aber es war riskant, weil man die einzelnen Streben unter den Ranken nicht sehen konnte, und auch nicht deren Zustand. Aber hatte ich jetzt eine Wahl?

Swami Vishnu umklammerte das Messer mit der rechten Hand und erhob sich langsam. Ich spurtete durch das Fernsehzimmer, öffnete Hartmuts Tür – Gott sei Dank, sie war nicht verschlossen - drehte mich, an der Klinke hängend, um und schob sie zu. Da, ein Stuhl, die Lehne reichte nicht bis zur Klinke. Ich schob ihn vor die Tür. Was jetzt? Was konnte ich dazwischen schieben – nichts, doch! Bücher lagen herum. Ich ergriff einige und quetschte sie zwischen Lehne und Klinke Wie lange würde das halten? Schon rüttelten sie an der Tür.

Ich rannte zum Fenster, riss es auf, Blumentöpfe flogen herunter, und stieg auf die Fensterbank. Dann kauerte ich mich nieder, hielt mich an der Fensterbank fest und versuchte, mit dem Fuß eine Sprosse des Spaliers zu finden. Ich suchte und suchte, und mir wurde abwechselnd heiß und kalt, während die Geräusche des Schepperns gegen die Tür nach draußen tönten. Endlich fand ich eine Sprosse, und noch eine darunter, aber jetzt musste ich das Fensterbrett loslassen und durch die Ranken mit den Händen nach der Sprossenwand greifen. Was, wenn ich daneben griff? Ich nahm allen Mut zusammen, ließ los, ging in die Hocke, streifte mit den Händen am Spalier entlang, und bekam eine Sprosse mit der linken Hand zu fassen, bevor ich nach hinten wegkippte, ergriff dann eine zweite mit der anderen Hand. Ich warf einen Blick nach oben, aber am Fenster war niemand zu sehen. Würden sie vielleicht durch das Haus laufen und von draußen kommen?

So schnell ich eben konnte, kletterte ich hinunter. Die letzten Meter sprang ich. Dann schaute ich wieder hinauf. Sie waren anscheinend noch immer mit der Tür beschäftigt. Aber sie würden mich verfolgen oder mir auflauern. Da kam mir eine Idee.

Ich hatte noch den Haustürschlüssel in der Hosentasche. Ich rannte zur Haustür, öffnete sie, und sprintete hinauf in die Küche. Hinter der Tür hörte ich sie immer noch gegen Hartmuts Zimmertür schlagen. Also war diese Tür noch verschlossen. Ich suchte etwas, das ich ins

Schlüsselloch stecken konnte. Aber was? Löffel, Messer, Gabel, nein. Hölzerne Schaschlik-Spieße, zu dünn, aber mehrere? Ich brach sie auf Fingerlänge und schob mehrere ins Schlüsselloch, Dann nahm ich den Korkenzieher aus der Schublade des Spülschranks und drehte ihn zwischen die Hölzer. Jetzt probierte ich es, die Tür war noch verschlossen.

Ich ging wieder nach draußen und sah zu Hartmuts Fenster hinauf. Inzwischen hatten sie es geschafft, seine Tür zu öffnen. Swami Vishnu saß oben auf dem Fensterbrett und suchte nach einem Halt für seine Füße, aber er traute sich nicht hinaus. Ich wusste es, solche Typen sind im Grunde ihres Herzens Feiglinge.

„Komm zurück", rief Eveline ihm zu.

Ich war aufgewühlt und beschloss, einen Spaziergang zu machen, um mich zu beruhigen und zu warten, bis einer von den anderen nach Hause käme. Das Messer, das Beweismittel, könnte Swami jedenfalls nicht so einfach verschwinden lassen. Und dann konnte ich nicht anders, ich sah noch einmal hinauf, sah in das Gesicht von Swami Vishnu, zog eine Grimasse, streckte die Zunge heraus und legte die Finger als Hörner an meinen Kopf. Er quittierte es mit unbewegter Miene.

Es dauerte bis zum frühen Abend, bis der erste von meinen Mitbewohnern kam. Es war Gerald. Ich erzählte ihm die Geschichte und wir beratschlagten, was zu tun sei. Inzwischen war auch Anne von der Arbeit eingetroffen.

Sie meinten, es sei das Beste, wenn ich erst einmal für ein paar Tage verschwände. Sie würden den Auszug unserer Gäste schon regeln. Ich packte ein paar Sachen ins Auto und verabschiedete mich. „Und lasst euch Zeit mit dem Schlüsselloch", rief ich noch.

Ich fuhr zu meinen Eltern. Zwei Tage später rief mich Anne an. Die Gäste waren ausgezogen, nachdem man sie vor die Alternative gestellt hatte: Auszug oder Anzeige bei der Polizei.

Das Herausprockeln der Hölzer hatte fast bis Mitternacht gedauert. Das Messer fand Gerald eine Woche später beim Rasenmähen im Gras hinter dem Haus.

PB

Aus dem Polizeibericht

Tat

Bielefeld. Im Oktober (genaues Datum ist der Redaktion bekannt) kam es in einer Sparkassenfiliale (genauer Ort ist der Polizei bekannt) zu einer Tat (Aus Datenschutzgründen wird sie hier nicht näher benannt).

Der/ die/ das Täter/ Täterin/ Täter (Alter, Name und Nationalität werden zum Schutz der Persönlichkeit nicht genannt) hat ein Geständnis abgelegt. Das Motiv ist bekannt (wird zum Schutz der Persönlichkeit nicht genannt).

Das ist eine sehr sensible Situation. Der Oberstaatsanwalt sagte, das Strafverfahren werde unter gewissen Bedingungen (die er feststellen wird) eingestellt. Die möglichen Folgen für den/ die/ das Täter/ Täterin/ Täter nannte er nicht. Was zur seiner/ ihrer/ seiner Ergreifung führte, wurde nicht bekannt.

PB

Die Visite

Die Maschinen neben dem Bett meines Nachbarn schnauften, an Schlaf war nicht zu denken, und so kreisten meine Gedanken um meine momentane Situation.

Ich lag das erste Mal in meinem Leben in einem Krankenhaus, eine Gebäudeart, die ich bis dahin nur betreten hatte, wenn kranke Angehörige oder Freunde einen Besuch unumgänglich machten. Der typische Geruch, die langen weißen Gänge, die Betten auf Rollen mit Kranken darin hatten in mir immer ein leichtes Gruseln erregt.

Aber dieses Krankenhaus mit seinen großen Fenstern, welche man öffnen konnte, und seinen breiten, freundlichen Gängen schien von einer anderen Art zu sein. Ich war nach einem Schwächeanfall zur Beobachtung hier eingeliefert worden, und am ersten Tag, als ich das Zimmer allein bewohnte, hatte ich das offene Fenster, den Blick auf den Park und das Zwitschern der Vögel genossen. Doch das war vorbei.

Nun lag ich schon seit zwei Tagen mit meinem Mitbewohner in diesem Zimmer und hatte seitdem kaum ein Auge zugetan. Ich hatte versucht, Kontakt mit ihm aufzunehmen, aber außer einem leisen Krächzen war von ihm nichts zu vernehmen. Der arme Teufel war mit Kabeln und Schläuchen an diverse Apparate angeschlossen, und er tat mir leid, wie er so da lag; gleichzeitig erinnerte er mich daran, dass es auch mich schlimmer hätte treffen können. Dieses war ein modernes Krankenhaus, sicherlich das am besten ausgerüstete in weitem Umkreis. Die Einlieferung war sehr effektiv gewesen. Das bürokratische Prozedere war auf ein Minimum beschränkt. Und bevor ich einen Arzt gesehen hatte, war ich von Maschinen durchleuchtet und Tests unterzogen worden, welche ein klares Bild meines Zustandes wiedergaben, so dass sich das anschließende Gespräch mit dem Arzt auf das Wesentliche beschränken konnte, das heißt eigentlich wäre es gar nicht notwendig gewesen, ich hätte ja selbst die Ergebnisse lesen können, denn sie waren vom Computer auch gleich mit Datenbanken abgeglichen und interpretiert worden. Ein sehr effizientes Verfahren, wie ich fand, welches Behandlungsfehler weitgehend ausschloss.

Aber jetzt war das Fenster geschlossen, und statt des Vogelgezwitschers hatte ich die Geräusche der Maschine meines Zimmernachbarn in meinen Ohren, die, mal lauter, mal leiser, mir mehr und mehr zusetzten. Ich beschloss, beim nächsten Besuch der Schwester um die Verlegung in ein anderes Zimmer zu bitten.

Fürs erste kramte ich meinen Mp3-Spieler hervor, steckte die Stöpsel in die Ohren und stellte die Musik so laut, dass ich von den Geräuschen nichts mehr mitbekam.

Irgendwann öffnete sich die Tür des Krankenzimmers, und es erschien ein Strauß Blumen, und dahinter eine junge Frau. Sie schloss die Tür hinter sich und schaute sich um. Ihre Lippen sagten etwas, sie stellte die Blumen in eine Vase, und dann lief sie zu meinem Mitbewohner hinüber und setzte sich neben ihn auf einen Stuhl, den sie zu seinem Bett heranzog.

Sie war vielleicht nicht älter als zwanzig, hübsch, mit schwarzen Haaren, etwas förmlich gekleidet, so als sei sie gerade von der Arbeit hierhergekommen. Ihr besorgter Blick strich über meinen Nachbarn, der diesen gar nicht wahrzunehmen schien. Er zeigte jedenfalls kaum eine Reaktion auf seine Besucherin, außer, dass er seinen Kopf leicht zu ihr drehte. Vielleicht lag es an den vielen Kabeln, die an seinem Körper hingen, seit er aus dem Operationssaal wiedergekommen war. Ich nahm meine Ohrstöpsel aus den Ohren.

„Opa, wie geht es dir", rief das Mädchen mit einer erheblichen Lautstärke in sein Ohr.

Opa antwortete etwas, das sich wie ‚nicht so gut' anhörte.

Das Schnaufen der Maschinen kam mir jetzt etwas leiser vor. Ihr trauriger Blick ruhte für eine Weile auf seinem Gesicht, und dann zog sie etwas aus ihrer Tasche, das wie eine Süßigkeit aussah, und legte es auf sein Tischchen. Es schien aber nicht so, als würde er es essen können. So verharrten sie einige Zeit schweigend nebeneinander.

„Er ist 78", sagte sie zu mir.

„Wenn du wieder zu Hause bist, koche ich dir einen Tee", rief sie in sein Ohr.

Dann öffnete sich plötzlich die Tür zum Flur. Ich schaute herüber, neugierig, wer es sein könnte, denn für das Abendessen war es eigentlich noch zu früh. Es war die Schwester, und sie sagte, der Arzt würde gleich seine Runde machen. Wir warteten eine Weile, aber niemand kam. Man hörte Geräusche und Stimmen aus dem Flur, dann war es still.

Dann vernahm ich ein Geräusch wie von Rollen, und eine Musik, es könnte Mozart gewesen sein, die sich im Flur dem Zimmer näherten. Im Türrahmen erschien ein hell-graues kastenförmiges Gerät und rollte ins Zimmer. Es hatte oben eine Art Bildschirm angebracht und bewegte sich selbständig durch den Raum. Vorne und an der Seite sah man Anschlüsse für Stecker und einige Knöpfe. Es blieb vor dem Bett meines Nachbarn stehen und drehte sich so, dass er den Bildschirm sehen konnte.

„Dies muss einer der neuen Roboter sein, ich habe davon gelesen", sagte die junge Frau, als sie mein Gesicht sah.

Plötzlich erhellte sich der Bildschirm, und man sah den Kopf eines Arztes, nicht eines richtigen Arztes, sondern eine Art Comic-Figur im weißen Kittel mit einer Brille, die wohl einen Arzt darstellen sollte. Man hörte Knackgeräusche wie von einem Mikrofon, die Musik wurde leiser, und der Comic-Arzt begann zu sprechen, langsam und deutlich, jedes Wort einzeln betonend.

„Wir haben Ihre Untersuchungsergebnisse bekommen. Sie haben keine Lunge mehr. Es gibt keine Lunge, mit der wir arbeiten könnten."

Die junge Frau beugte sich zum Großvater hinunter und wiederholte in sein Ohr, was der Roboter gesagt hatte. Sie machte eine kurze Pause.

„Wahrscheinlich musst du nun doch ins Hospiz, wenn du nach Hause kommst", fügte sie hinzu. „Richtig?", rief sie in Richtung Roboter.

„Ich weiß nicht, ob Sie nach Hause kommen", sagte der Bildschirm-Doktor. „Sie werden wahrscheinlich binnen weniger Tage sterben. Wir setzen Sie unter Morphium bis Sie sterben."

Der Bildschirm verlosch, die Musik wurde wieder eingeblendet, und es erschien eine Schwester in der Tür. Sie war überrascht. „Oh, eigentlich sollte ich bei der Visite dabei sein", sagte sie. „Na ja, Sie sind auch so mit ihm zurechtgekommen, nehme ich an. Diese Roboter sind eine große Hilfe für unsere Ärzte."

Sie begleitete den Roboter hinaus und schloss die Tür.

Ich schaute über das Bett meines Nachbarn durchs Fenster nach draußen, von wo die Spätnachmittagssonne ins Zimmer hereinstrahlte und mich blendete. Das Gesicht des Mädchens konnte ich nicht erkennen. Sie saß an dem Bett und sprach kein Wort, aber es schien auch nicht notwendig zu sein. Mein Nachbar versuchte etwas zu sagen, aber man konnte es nicht verstehen.

Vielleicht hätte der Roboter es verstanden.

PB

Einkaufen

Nach längerer Zeit einmal wieder

in der Einkaufsstraße von Bielefeld

Schwaden von Menschen

Baustellenlärm

Menschen ohne Taschen, ohne Ziel

Geschäftige Mienen

braun, weiß, schwarz, weiß, braun

schwappen hin und zurück

umnebeln mich

saugen mich ein

Hindurch schimmern

Fragmente von Schaufenstern

den Leitplanken

Bettler

Was wollte ich hier? …

Ich fahre nach Hause

und kaufe

Aktien von Amazon

PB

Rezension

Das Virus

Es gibt Bücher, deren Handlung so unwahrscheinlich ist, dass man nicht weiß, ob man sie als Science Fiction, als Parabel oder gar als Hirngespinst abtun und das Buch beiseitelegen soll. So erging es mir mit der Lektüre von Arnim Bosserts Buch ‚Das Virus‘.

Die Handlung ist schnell erzählt. Es geht um ein Virus, das irgendwo aufgetaucht ist und sich verbreitet, ohne dass man es aufhalten könnte. Es breitet sich sozusagen über die ganze Welt aus, mit Ausnahme einiger kleiner Inselgruppen im Pazifischen Ozean. Wer sich mit dem Virus ansteckt, merkt oft gar nichts davon, bei einigen Menschen nimmt die Krankheit allerdings einen tödlichen Verlauf.

Nun ist diese Geschichte nicht besonders originell, denn Ähnliches hat man in der Menschheitsgeschichte schon öfter erlebt oder gelesen, man denke an die Pest im 13. Jahrhundert, die ein Drittel der Bevölkerung Europas dahinraffte.

Dieser Autor gefällt sich darin, ein Szenario auszumalen, bei dem der Staat in die Souveränität der Bürger eingreift und ihnen detaillierte Handlungsanweisungen vorgibt, was er zu legitimieren sucht durch Berufung auf selektierte Statistiken sowie ‚Experten‘, die in den Informationskanälen auftreten.

Die Hauptfigur des Romans, Eva Kuhn, lehnt sich gegen diese Einengung auf und verteilt Flugblätter auf dem Universitätskampus und auf der Straße. Daraufhin wird sie aufgrund eines Fake-News Paragrafen zur Fahndung ausgeschrieben. Sie versteckt sich bei einem Restaurantbesitzer, wo sie Mahlzeiten zubereitet, die dieser durch eine Öffnung in der Tür verkauft, indem er sie der Kundschaft mittels einer auf einen Meter und fünfzig ausfahrbaren Ziehharmonika-Zange reicht.

Eva, und mit ihr der Leser, beobachtet die Welt nun aus dieser Luken-Perspektive. Sie sieht, wie sich im Laufe der Zeit die Straße immer mehr leert, ob aufgrund des Virus oder von Verboten, weiß sie nicht, wie die Menschen in komischen Gesichtstüchern und Handschuhen herumlaufen, zumeist einzeln, immer in Eile. Es ist als liefe ein Film vor ihren Augen ab.

Im Laufe der Zeit entwickelt sie eine gewisse Zuneigung für den Restaurantbesitzer. Da kommt ein weiterer Flüchtling dazu, ein Mann, der von der Polizei verfolgt wird, weil er die Gesichtstücher an seinem Gesäß und vor seinem Geschlechtsteil getragen hat. Die Drei versuchen sich auf dem beschränkten Raum zu arrangieren. Beide Männer verlieben sich in Eva, doch sie kann sich zwischen den beiden nicht entscheiden. Die drei führen, da die Kundschaft immer weniger wird, ein ganz auf ihre Grundbedürfnisse zurückgefahrenes und sich selbst genügendes Leben in räumlicher Enge und beinahe völliger Isolation. Man fühlt sich mitunter an Jean-Paul Sartres ,Geschlossene Gesellschaft' erinnert.

Arnim Bossert zeichnet fein die psychischen Veränderungen seiner Figuren während der eskalierenden Krise nach, die darin münden, dass wir es am Ende mit drei gedanklich um sich selbst kreisenden introvertierten, depressiven, zu Außenkontakten kaum noch fähigen Personen zu tun haben.

Dieses Buches reiht sich ein in die Reihe utopischer Werke, wie wir sie von Orwell und Huxley kennen. Es eignet sich weniger als Urlaubslektüre, sondern wendet sich an den an den psychischen Verästelungen des Menschen interessierten Leser. Es ist im Wiebusch Verlag erschienen in der Reihe ‚Neue Utopische Literatur' und kostet 19,80 Euro.

PB

Pro und Anti

Auf diesem Bilde sieht man hier
In Mexiko gebrautes Bier.
Verschickt wird es nach überall
Jedoch der Name war fatal.
So Mancher fühlt' sich irritiert
Weil er ihn falsch assoziiert.
Der Umsatz sank um 6 Prozent.
Doch, wer die Käuferpsyche kennt
Klebt ‚Anti' auf's Corona-Schild.
Die Leute kaufen's jetzt wie wild.

PB

Aus dem Götterhimmel

- Man sieht bei dir immer noch die Narben von dem Drachenbiss.
- Das ist meine neue Tätowierung. Übrigens, dein Sohn könnte mal ein neues Gewand gebrauchen.
- Er gefällt sich darin, wie ein Gammler rumzulaufen und den Anspruchslosen zu spielen. Aber beim Feiern ist er nicht so anspruchslos.
- Ja, das kann man wohl sagen. Er ist immer rechtzeitig in Kanaan.
- Diesmal habe ich ihnen aber den Wein gekürzt. Ich habe ihnen ein paar meiner kleinen süßen Schnecken in die Reben geschickt. Dieses sinnlose Betrinken muss ein Ende haben!
- Ja, ich sehe schon, wie sie da rumsitzen und beratschlagen.
- Was macht er jetzt? Was ist in dem Eimer? Er verwandelt Wasser in Wein! Zum Donnerwetter! Hat er nicht schon genug getrunken? Wenn der zurückkommt, kommt der erst mal auf Entzug.
- Gestern hat er sich auch so 'nen Klops geleistet. Den ‚blinden' Bettler vor dem Tempel hat er ‚geheilt'. Vor allen Leuten! Der hat natürlich nichts mehr verdient an dem Tag und war stocksauer. Und die Binde hat er ihm auch abgenommen. Jetzt muss ihm seine Frau eine neue nähen.
- Nichts als Ärger hat man mit dem Sohnemann.

- Und dem Lahmen hat er die Krücken wegge-
  nommen.
- Ja, ich weiß, ich habe die Beschwerde schon vor-
  liegen.
- Am besten schickst du mal den Gabriel runter,
  damit er deinem Sohn ein bisschen auf die Finger
  guckt.
- Kommt nicht in Frage. Den behalte ich hier unter
  meiner Aufsicht.
- Oder du schickst Maria. Die ist sowieso schon un-
  ten.
- Auf die hört er doch nicht mehr. - Also ich weiß
  nicht, was aus dem noch werden soll. Und der
  soll mal das Weltall regieren.
- Frag doch mal deinen Vetter auf dem Olymp um
  Rat.
- Der war schlau und hat sich zur Ruhe gesetzt. -
  Außerdem hat der nichts als Weiber im Kopf.
- Jetzt guck dir das an. Er hat sich neben Anna ge-
  setzt und - guck mal, wo er seine Hand hat.
- Das macht der viele Alkohol. Das kommt aber
  nicht ins Protokoll! Wo ist denn eigentlich der
  Geist, vielleicht hat der eine Idee.
- Der spielt Doppelkopf mit Cherubim und Sera-
  phim.
- Zu dritt?
- Und Hermes.
- Hermes? Ich habe doch verboten mit dem Hof-
  staat meines Cousins zu spielen. Ich habe die Be-
  schwerden meiner Engel satt.

- Ich geh' mal rüber und klär das. Soll ich dir Manna mitbringen?
- Nein, aber einen Becher Milch mit Honig. Und, Michael, das Buch von diesem Konfuzius bring mir auch mit. Ich muss mich da mal einlesen. Der macht mir zu viele Follower abspenstig. Wir brauchen vielleicht eine neue Strategie.
- Ja, möglich. Die Lobgesänge werden immer dünner, und die Opfergaben erst recht.
- Wenn ich da an den Isaak denke, das waren noch Opfer.
- Ich geh' jetzt. Behalt ihn aber im Auge. Zur Not schickst du einen Vulkanausbruch.
- In der Gegend habe ich leider keine Vulkane.

(In der nächsten Folge: Fischsterben im Roten Meer wegen ‚Wunder')

PB

Der Absturz

Drei Frauen planen im März des Jahres 2015 eine Reise nach Barcelona. Eine von ihnen, Lucia , schon recht betagt, ist dort geboren und möchte ihren Freundinnen, die ihre Töchter sein könnten, diesen südlichen Sehnsuchtsort auf ihre ganz persönliche Weise näherbringen.

Ihr Neffe, der dort Stadtführer ist, wird sich um die Unterkunft und um die ein oder andere Unternehmung kümmern. „Die Mimosen blühen schon, hat er gesagt", schwärmt sie.

Lucia nicht mehr allzu gut zu Fuß und schlägt vor, dass sie sich in dem Reisebüro schräg gegenüber ihrer Wohnung treffen, um die Flüge zu buchen. "Da kenn ich den freundlichen jungen Mann, der mir im letzten Jahr geholfen hat", sagt sie strahlend, als die anderen sie abholen.

Aber der junge Mann ist heute nicht da, doch eine andere Angestellte winkt sie zu sich heran. Sie geht sehr professionell und zügig auf die Wünsche der Frauen ein. „Also vom 17. bis 24. März. - Ja, das sieht gut aus. Am 17. um 14.00 Uhr geht's los und am 24. fliegen Sie um 12.15 Uhr zurück. Perfekte Flugzeiten!"

Die drei nicken begeistert. Das klappt ja gut! Elke fragt nur noch schnell: „Und mit welcher Fluggesellschaft?" - „Vueling Air, die ist in Ordnung!"

Vueling?? Nie gehört. Die drei sind ganz verdutzt. Müssen wir auf unsere alten Tage noch solch ein Risiko eingehen? Alle reden durcheinander. Es wird doch noch eine sicherere Fluglinie geben! „Nö, da fliegen wir nicht mit!" meint Birgit kurzerhand. „Gucken Sie doch mal nach, was es sonst noch so gibt!"

Die Angestellte wirkt jetzt etwas gereizt: "Also Vueling gehört zu Iberia. Die ist sicher. Da ist noch nie was passiert." Doch sie hören gar nicht zu. „Sagen Sie uns doch: Welche Airline fliegt denn sonst noch von Düsseldorf nach Barcelona?"

Seufzend und so geduldig wie möglich sagt die Angestellte nach einem Blick auf den Bildschirm: "Also, sonst gibt es nur noch Germanwings!" -

„Ja, warum nehmen wir die denn nicht?" fragt Lucia. Die andern sind sofort einverstanden. „Die kennen wir wenigstens!"

„Also da gibt's noch genug Platz! Wie Sie wollen! Aber ich sagte Ihnen ja, wenn Sie mit Vueling fliegen, sind die Flugzeiten besser."

Ihre Entscheidung sollte von großer Tragweite sein.

In Barcelona erwartet die drei eine frische Brise. Es ist ungewöhnlich kalt in diesem März. Auf ihren Entdeckungstouren ziehen sie mehrere Schichten übereinander an. Ihr erster Gang führt sie die belebten Ramblas entlang, doch sie müssen öfter eine Pause einlegen, da Lucia mit dem Gehen Schwierigkeiten hat. Auch wenn ihre Begeisterung, wieder hier zu sein, keine Grenzen kennt, lässt sich der gebrechliche Körper nicht mehr überlisten.

Trotzdem schaffen sie am nächsten Tag sogar mit gemeinsamer Hilfe den Aufstieg zum Zentral-Friedhof hoch oben über dem Meer. Zitternd steht Lucia vor dem Grab ihrer spanischen Mutter, die bei einem Autounfall ums Leben kam, als sie selbst erst achtzehn war. Diesen Verlust hat sie nie verwinden können. Auch ihre Begleiterinnen sind sehr betroffen und starren schweigend auf den schwarzen Marmor.

Nach einer ereignisreichen Woche befinden sich die vier nun auf dem Rückflug. Alles ist ruhig. Birgit hängt ihren Gedanken nach. Dann macht sie sich noch ein paar

Notizen, fragt Lucia „Wie heißt der Platz noch mal, auf dem sie die Sardana getanzt haben?" „Na das war vor der Kathedrale. Ach, war das schön! Schade, dass ihr nicht mitgetanzt habt!" tadelt sie ihre Freundinnen. Die hatten sich wirklich nicht getraut, sich einfach einzureihen in den Reigen der Volkstänzer, die sich zur Musik geschickt und anmutig bewegten. Die komplizierten Tanzschritte hätten sie sowieso nicht kapiert. Es war aber wunderbar zuzuschauen. Immer wieder erzählten sie sich von dem alten Mann, der etwas später dazugekommen war, seinen Gehstock mit Schwung mitten in den Kreis hineinwarf und sofort leichtfüßig und voller Lust mittanzte.

Elkes Blick fällt plötzlich auf ein junges Paar, das schräg gegenüber sitzt, am Gang. Die junge Frau schaut gebannt auf etwas, ist es ihr Handy? Dann tuscheln sie aufgeregt und drehen sich plötzlich mehrfach nach den anderen um. Er schüttelt den Kopf, versucht gleichzeitig, sie zu beruhigen, legt ihr den Finger auf den Mund. "Ist Ihnen nicht gut?", fragt Elke und stößt sie an. „Soll ich der Stewardess Bescheid sagen?" Der junge Mann wehrt ab, ohne jemand anzusehen. "Nein, nein. Schon okay." Die meisten Leute um sie herum machen ein Schläfchen oder lesen, keiner scheint Notiz von ihnen zu nehmen.

Als sie in Düsseldorf gelandet sind, wird es mit einem Mal sehr hektisch. Reporter mit Notizblöcken in der Hand stürzen sich auf die Ankommenden. Einer fragt scheinheilig: „Wie war's denn in Barcelona?" Birgit wundert sich. „Gut. Aber wieso fragen Sie?" „Ja, wissen Sie denn nicht?" Der mit dem flotten roten Schal macht sich wichtig: „Die Germanwings-Maschine aus Barcelona ist gerade vor Ihnen abgestürzt. Alle tot! 150!" „Was? Was sagen Sie da?" Sie schaut ihn ungläubig an.

Inzwischen hat sich ein anderer Reporter Elke genähert: „Sind Sie nicht erleichtert, dass es Sie nicht getroffen hat?"

Sie hört ihm gar nicht richtig zu, ihr Handy spielt verrückt. „Ich verstehe Sie nicht. - Ein Moment .. ich soll mich unbedingt bei meiner Tochter melden, mein Gott, ist ihr was passiert?" Aber sie sucht vergeblich nach einem ruhigen Platz, um zurückzurufen.

„War das ... war das etwa die Maschine von Germanwings, mit der w i r eigentlich fliegen wollten??" fragt Lucia plötzlich und ist kreidebleich. Erst jetzt dämmert es ihnen allmählich, welcher Gefahr sie soeben entkommen sind.

Und die Familie zu Hause? Sie machen sich bestimmt Sorgen! Sie wissen doch gar nicht genau, mit welcher Fluggesellschaft sie geflogen sind. Umständlich fischt Birgit ihr Handy unten aus der Tasche. „Oh, eine Nachricht! M a m a, w e n n d u d i e s e s l i e s t, m e l d e d i c h s o f o r t!"

Sie hat keine Ahnung von der verzweifelten Ungewissheit, die sich hinter diesem Satz verbirgt. Keine Ahnung von dem Familienrat: Wer hat die besten Nerven? Wer ruft die Nummer an, die ständig eingeblendet wird? Und .. welche besonderen Kennzeichen …?

Sie sieht sich um, will zunächst eine kurze Antwort schreiben, alles in Ordnung, aber in diesem Moment klingelt es. Als sie sich meldet, hört sie nur einen Aufschrei, dann lautes Schluchzen, es will nicht aufhören, geht ihr durch Mark und Bein!

Erst später begreifen die drei Frauen das ganze Ausmaß der Katastrophe. Dass sie nicht ahnten, was die Welt schon wusste.

Und sie fragen sich, warum waren wir eigentlich nicht in der Maschine?

Und der junge Mann, den Lucia kannte, wenn der an dem Tag im Reisebüro gewesen wäre, was hätte der ihnen geraten?

AS

Gaudi und die Moderne

„Die reiche Geschichte und Kultur der Stadt werden vor Ih-
ren Augen lebendig durch unsere enthusiastischen und kennt-
nisreichen Führer."

So stand es auf dem Flugblatt, das mir eine junge Dame am Busbahnhof bei meiner Ankunft in Barcelona in die
Hand drückte. Da stehe ich nun mitten in der Altstadt auf
einem kleinen Platz am Ausgang der Metrostation Jaume
und schaue mich um. Menschen stehen allein und in
Gruppen herum, einige sitzen auf Bänken. Die meisten
sehen aus, als warteten sie ebenfalls auf jemanden, der
ihnen die verborgenen Schätze Barcelonas enthüllt.

An einer Holzhütte stehen zwei Frauen in blauen An-
zügen unter einem aufgespannten roten Schirm. Ist das
nicht der Schirm, den ich auch auf dem Flugblatt gesehen
hatte? Es ist inzwischen kurz vor halb elf und ich rätsele,
welche von beiden wohl der Guide für meine Tour sein
wird.

Die Tour heißt Gaudi und die Moderne. Ich hoffe, damit meine Unkenntnis bezüglich der Architektur Spaniens
wenn nicht zu beseitigen, so doch abzumildern, was ich
mir 14 Euro kosten lasse. So viel weiß ich schon: Gaudi
war ein berühmter katalanischer Architekt und Städtepla-
ner, aber ich bin mir nicht sicher, ob ich dem Niveau der
Führung gewachsen sein werde.

Mittlerweile sind Wolken aufgezogen, und ich krame
meine Regenjacke hervor.

Da springt ein junger Mann auf eine Bank und ruft:
Gaudi und die Moderne! Im Nu befinde ich mich inmitten
von 10 Leuten, welche sich vor seine Bank geschart haben
und ihn erwartungsvoll ansehen. Er zählt uns kurz durch

und stellt sich dann vor. Er heiße Patrick und sei das Produkt einer irischen Mutter und eines amerikanischen Vaters, weshalb man seinen undefinierbaren Akzent entschuldigen möge.

Er ist jung, schwarzhaarig, gelockt, dünn, nicht besonders groß und trägt einen dunklen Anorak. Anscheinend ein Student, der sich etwas Geld nebenbei verdienen will, denke ich.

„Alles Weitere später", sagt er, stapft los, und wir folgen ihm; besser gesagt, versuchen ihm zu folgen. Es geht durch eine belebte schmale Altstadtgasse.

Da kommt uns ein Lieferwagen entgegen. Oh je. Ich drücke mich an ein Schaufenster und lasse ihn passieren. Hinter ihm - nichts als Menschen. Wo ist meine Gruppe? Wo ist der Führer? Sollte meine Tour hier schon zu Ende sein? Nach einem kurzen Spurt die Gasse hinunter kommen mir einige Gestalten bekannt vor. Ja, da sind sie ja. Ich zähle 8 Personen. Sie sind allerdings führerlos und machen einen etwas ratlosen Eindruck.

Sind wir hier schon am ersten Architekturmonument? Das Haus sieht nicht außergewöhnlich aus, im Erdgeschoss befindet sich eine Bäckerei, darüber eine Arztpraxis. „Er ist darin verschwunden", sagt jemand. Nach kurzer Zeit kommt Patrick aus dem Laden mit einer Wasserflasche und einer Waffel in den Händen, und es geht weiter.

„Die hätte er auch vorher kaufen können", murmelt die Engländerin neben mir.

Es geht durch belebte Gassen, und ich versuche, mir einige auffällige Teilnehmer der Tour einzuprägen. Eine junge Spanierin mit einem grünen Hut, die eben noch dabei war, sehe ich nicht mehr. Sie hatte etwas von einer Toilette gemurmelt.

Es beginnt zu regnen. Damit hatte ich gar nicht gerechnet, und die Tour scheint für mich ins Wasser zu fallen, denn ich habe keinen Schirm dabei. Aber - wie aus dem Nichts - erscheinen Regenschirmverkäufer und bieten Schirme zum Verkauf. Für fünf Euro erstehe ich einen Automatikschirm.

An einer belebten Kreuzung bleibt Patrick stehen, wir stellen uns im Halbkreis vor ihm auf, und er spricht zu uns. Ich glaube, es geht um die Geschichte der katalanischen Architektur. Autos, Busse rauschen vorbei. Die Ampel springt auf grün, mehr Autos, Hupen. Warum stehen wir gerade hier?

Mir fällt ein, dass ich bei seinen Kolleginnen am Treffpunkt Fähnchen gesehen habe und rote Schirme, aber unser Führer hat nichts dergleichen dabei. Ich habe das Gefühl, dass er diese Utensilien für Kennzeichen einer profanen Touristengruppe ansieht, die er, was seinen Anspruch an das Niveau seiner Tour betrifft, für nicht angemessen hält. Während ich noch darüber nachdenke, geht es schon weiter. Wir laufen jetzt über einen breiten, von Bäumen gesäumten Boulevard. Einige Gruppenmitglieder unterhalten sich rege mit Patrick, und ich versuche, in seine Nähe zu kommen.

Da, plötzlich eine Menschenansammlung mitten auf dem Boulevard. Sprechchöre und Megaphon. Gestern war die Abstimmung über die Unabhängigkeit Kataloniens, fällt mir ein, es gab Zusammenstöße und Verletzte. Von Menschenansammlungen soll man sich fern halten, hat es geheißen.

Patrick marschiert mitten hinein, und wir zögern. Polizei sehe ich nicht. Worum geht es? Patrick befragt einige der Demonstranten. „Sie demonstrieren gegen den Polizeieinsatz von gestern", sagt er uns. Jemand aus unserer

Gruppe beginnt eine Diskussion mit den Demonstranten. Er scheint des Spanischen mächtig. Zwei Katalanen haken ihn zwischen sich ein und marschieren los. Sein hilfesuchender Blick trifft bei uns auf wenig Mitleid.

Kurz darauf kommen wir zu einem Gebäude, vor dem große Zahl von Touristen steht. Es hat eine außergewöhnlichen Fassade. Die Fensteröffnungen sehen aus wie Baumhöhlen, in der Mitte jeweils geteilt durch kleine Säulen, die knorrigen Ästen gleichen. Die Balkone erinnern an Mastkörbe. Die Fassade ist mit Mustern bemalt, die einem Waldboden ähneln. Das Dach ist wellenförmig geschwungen und hat die Form eines Drachen, die Dachziegel sind seine Schuppen.

Dies muss ein Bauwerk von Gaudi sein. Wir stellen uns in eine Schlange und warten. Patrick erzählt uns von den sozialen Zuständen in Barcelona vor 120 Jahren, der Zeit, als diese Häuser gebaut wurden. „Die Leute waren wirklich arm", sagt er, „doch es gab diesen Wettbewerb unter den Reichen, wer das schönste, extravanteste Haus hätte, welcher diese grandiose Architektur hervorgebracht hat".

Schließlich sind wir an der Reihe, aber unser Pulk ist zu groß. Ein Schweizer aus unserer Gruppe wird von den Türstehern festgehalten und muss warten. Die Innenräume des Gebäudes sind nicht mehr so spektakulär wie das Äußere. Als wir herauskommen, sehen wir den Schweizer nicht mehr.

„Jetzt fahren wir zur Segrada Familia", sagt Patrick, „das ist die berühmteste Kirche Barcelonas."

Der Weg zur U-Bahn-Station führt an mondänen Modegeschäften vorbei, und der Regen hat endlich aufgehört. Da, Polizisten springen vor uns aus einem Einsatzwagen und bilden eine Kette. Sie sperren eine Straße ab. Wir schlüpfen gerade noch hindurch. Die Engländerin, die vor einem Schaufenster stehen geblieben war, schafft es nicht mehr und schaut uns nach.

Wenig später stehen wir zu viert im U-Bahnhof Segrada Familia. Es waren nur zwei Stationen. Die beiden Französinnen fehlen, sie waren in den Waggon vor uns eingestiegen und haben anscheinend den Ausstieg verpasst.

Die Segrada Familia ist das Wahrzeichen Barcelonas und das Meisterwerk Gaudis, an dem man seit 100 Jahren baut, und das anscheinend nie fertig wird. Dies ist eines der eindrucksvollsten Gebäude, das ich je gesehen habe, mit seinen schlanken Türmen, die überbordend mit Pfeilern und Ornamenten verziert sind. Es ist von einer Ringstraße umgeben. Patrick versammelt uns auf dem äußeren Bürgersteig und zeigt auf die Figuren an der Außenseite eines Turms. „Maria, Josef, ein Esel und römische Soldaten", sagt er.

Genau vor unserer Nase hält ein Hopp-on-Hopp-off-Bus. Sein Dieselmotor dröhnt. Patrick nimmt uns ein paar Schritte nach links. „Dort oben am linken Turm sehen Sie …".

Sein Satz erstickt im Geräusch des nächsten Busses, der vor uns seine Ladung Touristen ausspuckt.

Ich suche frische Luft und drehe mich um, und sehe, etwas abseits der Straße auf einem Rasenstück vor einer Baumgruppe, eine andere Touristengruppe. Ihr Guide beschallt seine Schäfchen über einen Lautsprecher. Einer von uns hat sich bereits dazugesellt. Ich schaue zu Patrick. Er steht an der Bordsteinkante und kämpft mit seiner Stimme ungerührt gegen die Dieselmotoren an; ein echter Don Quichotte. Mein verbliebener Gruppengefährte läuft nach vorn und diskutiert mit dem Busfahrer. Ich sehe ihn heftig gestikulieren.

Es kostet mich einige Überwindung Patrick zu sagen, dass ich leider gehen müsse. Ich verabschiede mich dankend von ihm.

Die Floskeln, mit denen Führer nach solchen Touren ihre Gäste zum Trinkgeld-Geben zu animieren pflegen, höre ich von ihm nicht, sie sind vermutlich unter seinem Niveau.

PB

Im Konzert

Die Kirche war fast voll besetzt. Keine andere Veranstaltung dieses Festivals war so gut besucht. Der Künstler, Jens Kommnick, schien eine besondere Anziehungskraft auszuüben. Er war im Vorjahr schon hier aufgetreten und hatte ein exzellentes Konzert gegeben.

Jens Kommnick ist ein Meister des filigranen Gitarrenspiels und versteht es, sein Publikum zu bezaubern. Hauptsächlich für ihn hatte ich so tief in die Tasche gegriffen und die 50 Euro Eintrittspreis für das Festival bezahlt. Denn ich finde, dass man sich nirgendwo besser entspannen und träumen kann, als wo ein Vertreter seiner Zunft gekonnt in die Saiten greift.

Als ich ankam, waren im Mittelschiff der Kirche schon alle Plätze besetzt; so musste ich auf die Seite ausweichen. Neben einer Säule fand ich eine halbe freie Bankreihe. Die Sicht zum Künstler war hier zwar eingeschränkt, aber ich beschloss mich damit zufriedenzugeben.

Ein Mann vom Organisationskomitee sprach einleitende Worte, danach der Künstler, dem ebenfalls, wie jenem, die Haarpracht fehlte („Wir beide haben den gleichen Frisör"). Darauf begann der Künstler mit seinem Gitarrenspiel; leise Töne, die sich langsam zu einem Thema entwickelten.

Da erschien eine dreiköpfige Familie, Vater, Mutter und Sohn und schob sich auf das freie Ende meiner Bank; die Mutter setzte den Sohn neben mich, sich selbst daneben, und außen nahm der Vater Platz. Aha, hier sollte anscheinend ein Kind frühzeitig in die Welt der Musik eingeführt werden. Ein gewisses Unbehagen aber, das ich mir nicht ganz erklären konnte, stieg in mir auf.

Jens Kommnick griff gefühlvoll in die Saiten, und die Musik verbreitete ihren Zauber. Neben mir knisterte etwas. Der Junge hatte beschlossen, eine Zeitungsseite in eine bestimmte Form zu bringen. Gegen Ende des ersten Stückes flüsterte seine Mutter ihm etwas ins Ohr, und das Knistern hörte auf. Das nächste Stück war etwas flotter und lauter. Ich spürte ein Wippen neben mir, welches die alte Holzbank mit einem leisen Knarren beantwortete.

Jens Kommnick war inzwischen am Ende des zweiten Stückes angekommen. In der Reihe vor mir erhoben sich zwei Zuhörer und gingen hinaus. Das war meine Chance. Ich peilte kurz die Position ihrer Sitzplätze und fand, dass ich von dort einen besseren Blick hätte als von meinem jetzigen Platz. Ich stand auf, quetschte mich aus meiner Reihe heraus und in die Reihe davor. Tatsächlich war die Sicht hier deutlich besser. Gott sei Dank!

Der Applaus hatte geendet und Jens begann mit seinem dritten Stück. Die Musik wurde etwas rhythmischer. Ein leises Taktschlagen, ein Klopfen auf dem Holzboden hinter mir begleitete die Musik. Ich sah mich vorsichtig um, der Sohn saß um zwei Plätze versetzt und wippte immer noch herum. Also musste es der Vater sein.

Jens, warum spielst du nur so filigran?

Beim vierten Stück hörte das Klopfen plötzlich auf, dafür hörte man ein leises Pfeifen, so wie wenn Luft ausgestoßen wird ähnlich wie bei einer Dampflok. Diesmal kam es aus der Richtung des Sohnes. Ich beobachtete verstohlen die Mienen der Leute neben mir, die direkt vor ihm saßen, aber sie zeigten keine Regung. Ich begann an mir zu zweifeln. Vielleicht nahm ich Dinge wahr, die nicht da waren.

Und dennoch musste ich jetzt an die Bemerkung meines Bruders, des Psychologen, denken, der einmal gesagt hatte, ADS gäbe es gar nicht; es handele sich dabei lediglich um Symptome von Erziehungsfehlern der ebenfalls geschädigten Eltern. Ich begann mit der Welt zu hadern. Warum setzen sie dann ihr Kind nicht zwischen sich, sondern neben andere Menschen? Oder ist es ihre Klage an die Umwelt, dass gerade sie mit diesem Problem gestraft sind? Aber möglicherweise war auch alles nur Einbildung. Meine Erwartungen waren eben zu hoch, meine Sinne zu angespannt, und - dies war immerhin ein Live-Konzert.

Jens Kommnick war nun beim letzten Stück angekommen und wurde mit lautem Applaus verabschiedet. Die Familie hinter mir stand auf und wandte sich zum Gehen. Der Künstler war von der Bühne gegangen, kehrte aber zurück und machte sich bereit für eine Zugabe, die ich jetzt zu genießen beabsichtigte.

Kaum hatte das Stück begonnen, vernahm ich hinter mir ein leises Taktschlagen. Ich wagte nicht mich umzudrehen, aber ich wusste es auch so: Da waren sie noch immer.

Am Ausgang der Kirche gab es einen Stand, an dem CDs der vortragenden Musiker verkauft wurden. Ich erstand eine von Jens Kommnick und habe sie später zu Hause gehört. Eine tolle Musik, muss ich sagen.

PB

Alles Theater

Das neue Stück des Amerikaners Neil laBute erfreut sich zur Zeit auf deutschen Bühnen großer Beliebtheit. Besonders junge Leute strömen in die Theater, um andere junge Leute streiten zu sehen, dass die Fetzen fliegen, und in Liebesbeziehungen hineingezogen zu werden, die keine mehr sind, nach dem Motto: Guck, denen geht's genauso wie uns. Na prima!

Manchmal gibt es die Möglichkeit, Proben zu besuchen. Die meist älteren Herrschaften, nun haben sie endlich Zeit und Muße, nehmen gern in den vorderen Reihen Platz und genießen ihr Privileg.

Der Regisseur trippelt auf die Bühne. Dabei kann er es nicht lassen, hinter seinem Rücken dem Publikum heimlich-verschwörerisch zuzuwinken. Die Proben-Zuschauer grölen. „Mensch, der sollte selber auf die Bühne!" hört man eine Frau rufen. Eine andere meldet sich: „Hey, wir haben einen Vorschlag zu machen!"

Doch der Regisseur wehrt ab. „Jetzt nicht! Ich komme später darauf zurück." Dann zu dem jungen Schauspieler: „Du musst ihr die Blumen ins Gesicht knallen, und zwar so, dass sie dann in ihrem Dekolleté landen." Greg gibt sein bestes. Seine Partnerin Stephanie schreit „Auah, du Depp" und haut ihm eine runter.

Der Regisseur ist begeistert. „So, so muss es sein. Geil!" „Er hat mir richtig weh getan, fuck!", schreit Steph. Greg schüttelt nur den Kopf, sein Blick wandert zu den Zuschauern, er seufzt tief:

„Ok, noch mal!"

Wieder und wieder wird die Szene geprobt. Stephanie schreit ihren Freund an: „Du hast gesagt, ich sehe n o r -

m a l aus, also scheiße!" - Er: „Nein! Ich meinte doch ..."
Sie: „Was meintest du? Du Wichser? Und wenn ich auch
keine Schönheitskönigin bin, aber d u müsstest mich doch
schön finden. Ach, fick dich!!!"

Das Paar streitet weiter, sie brüllen durcheinander,
werden lauter, die Fetzen fliegen. Sie fallen sich ständig ins
Wort, man kann nicht mehr viel verstehen. „Prima!" brüllt
der Regisseur, „sehr authentisch!"

Jetzt hat er die beiden wieder aus dem Konzept gebracht. Sie fragt entnervt: „Was soll ich jetzt noch mal
sagen? Pisser oder Wichser?" Er macht eine wegwerfende
Bewegung. „Egal!"

Einer Zuschauerin ist schlecht geworden. Sie muss
sich übergeben und schafft es nicht mehr raus. Man gibt
ihr eilig ein paar Taschentücher. „Psst, leise!" zischt eine
andere.

Immer wieder werden die Schauspieler unterbrochen,
die Nerven liegen blank. Morgen ist schon die Hauptpro-
be, und vieles klappt überhaupt noch nicht. Wieder hat
der Regisseur eine neue Idee. „Diese Szene ist noch so
unrund. Sie hat einfach noch nicht die richtige … Temperatur! Wie wär's, Greg, wenn du …?" „Ach, verpiss dich!"
Greg schüttelt nur noch den Kopf.

„Okay, die Probe wird hier unterbrochen!" brüllt der
Regisseur und alle Zuschauer verlassen den Raum, glück-
lich, einen kleinen Einblick in das große Wunderwerk
„Theater" bekommen zu haben.

„Und wie modern es war", schwärmt eine Frau. Und
ihre Freundin sagt: "Na ja, diese Sprache geht mir ziemlich
auf den Wecker! Aber wenn sich meine Kinder streiten,
hör´ ich nichts anderes!"

AS

Arbeit ist das halbe Leben

„Du arbeitest einfach zu viel!" Ihr wütender Blick streifte ihn strafend, als sie von ihrer Häkelarbeit aufsah. „Geh zur Arbeitsvermittlung und such dir eine neue Arbeit. Ich will keinen abgearbeiteten Mann, der seine ganze Arbeitskraft an seinem Arbeitsplatz verplempert. Mein Motto ist: Arbeiten, um zu leben und nicht: Leben, um zu arbeiten!"

Paul aber liebte seine Büroarbeit und wegen des Arbeitskräftemangels in seiner Firma wollte er seine Arbeitskollegen nicht im Stich lassen.

„Inge, wie oft habe ich dir schon gesagt, die Arbeitsbedingungen sind heute anders als früher. Im Arbeitsvertrag steht zwar 8 Stunden, aber das Arbeitspensum ist dann einfach noch nicht erledigt. Soll ich vielleicht wegen Arbeitsverweigerung meinen Arbeitsplatz verlieren?"

Doch Inge bearbeitete ihn weiter: „Das ist ja Fronarbeit, die du machst! Andere gehen zu After-work-Partys und nehmen ihre Frauen mit und du bist ein richtiges Arbeitspferd geworden! So viele Arbeitskämpfe hat es gegeben für faire Arbeitsbedingungen, doch im Arbeitsleben hat sich wohl nichts geändert. Du solltest sofort eine Arbeitsunfähigkeitsversicherung abschließen, du Workaholic. Mehr als zehn Arbeitsjahre gebe ich dir nicht mehr. Und wovon sollen wir dann leben?"

Paul hob abwehrend die Hände. „Ach, dann steigst du eben wieder ins Arbeitsleben ein. Ich habe sowieso den Eindruck, die Hausarbeit füllt dich nicht mehr aus. Und deine Arbeitskollegen wären bestimmt froh, wenn du im Krankenhaus wieder mitarbeitest. Arbeitskräfte, besonders Fachkräfte werden, wie du weißt, dringend gebraucht, und durch die Schichtarbeit wirst du sogar noch ganz gut

verdienen! Übrigens, ich muss jetzt los - zum Arbeitses-
sen!"

AS

€€€

Arbeit

Für die meisten Menschen ist die Arbeit eine Mauer
die ihnen das Loch dahinter verbirgt.

PB

Der Badewannenlift

Ein Mensch versucht's mit Engelszungen:

Mama, jetzt ist es an der Zeit,
ich weiß, du bist noch nicht bereit:

Sieh endlich her, es ist kein Gift,
ist nur der Badewannenlift.

So praktisch! Setz dich einfach drauf.
Per Knopfdruck rein und wieder rauf.

Die Mutter sieht recht skeptisch aus,
das Ding ist scheußlich, ja ein Graus.

Sie dankt, doch ihr ist selbst längst klar:
Lass sie nur reden bla-bla-bla.

Doch dann, man hört schon ihr Gejammer.
Sie deutet auf die Abstellkammer.

Da rein! Verschont mich mit dem Ding
das krieg ich nie im Leben hin.

Da stehn schon andre auf der Lauer
Nachtstuhl, Rollator sind schon sauer

dass sie nur rumstehn und verstauben
Es ist so traurig, kaum zu glauben.

Doch Muttern, die kennt kein Pardon.
Und wiederholt, als wär's ein Song:

Bloß weg mit all dem blöden Krempel
sieht sonst hier aus wie bei dem Hempel!

Es dauert lange, Wochen noch,
da wird ihr klar: Ich brauch ihn doch!

Sie setzt sich drauf, taucht ein ins Nass
Das tut ja gut! Das macht ja Spaß!

Vorbei ist all der Badefrust,
sie brummelt: hätt ich d a s gewusst!

AS

nachtgespräch

wieder lieg ich wach
ich weiß schon was jetzt kommt
von selbst
springt der hirnmotor an
und rattert und hüpft
verheddert sich
in seiner eigenen endlosschleife

ich erzähl mir was
in ganzen sätzen
frage mich warum erzählst du dir was
schlaf doch bloß verdammt noch mal
4 uhr 11 hab ich's doch gewusst
da wach ich immer auf
nein ich will nicht denken lieber
dahinschweben auf schlafwolken
…...
ich wollte mir doch dieses buch besorgen von
wie heißt er doch gleich
jetzt komme ich nicht drauf
es war was mit k
kerme nein krem
kramer nein ker ker
oh dieses kopfkissen
warum hab ich nicht schon längst
ein neues gekauft
nein lieber klamotten
gestern die leopardenhose
kathrin war komisch sagte
das ist nichts mehr für dich

mama oder oma
frag mal die kinder
der kita-junge neulich
wusste genau bescheid
als ich die kleine im kinderwagen schob
rief er mir hinterher
na du alte omi
ich hab mich umgeschaut
dachte ich kann doch nicht gemeint sein

und als ich die jacke kaufte
ich sagte für die arbeit
meinte die verkäuferin
ach sie arbeiten noch

aber dann stand einer
in der straßenbahn für mich auf

eigentlich nett ...

AS

Das rote Kleid

Liliana darf nicht mehr mit dem Bus zu ihrer Putzstelle fahren. Ihr Mann Igor hat ihr ein billiges, gebrauchtes Auto gekauft, mit dem sie Besorgungen für ihn und für die Familie macht. Heute ist der Wagen jedoch zur Inspektion in der Werkstatt und deshalb bleibt ihr mal wieder nur der Bus.

Die alte Frau Baumgart, bei der sie jeden Freitagmorgen putzt, erwartet sie schon.

Liliana zieht sich schnell um und legt los. Doch bald schon klingelt ihr Handy. Sie weiß, es ist ihr Mann, ohne auf die Nummer zu sehen. Als sie abnimmt, hört er den Staubsauger und ist beruhigt. Sie kennt das schon, er kontrolliert sie, hat wieder seine Phase mit dem Kopf voller wirrer Verdächtigungen.

Wie oft hatte sie ihm schon gesagt: Igor, hör endlich auf, mich zu bespitzeln! Ich habe noch nie was mit einem anderen Mann gehabt. Warum vertraust du mir nicht? Seit ich sechzehn bin, sind wir zusammen. Du bist mein erster und einziger. Sieh mich nicht so an wie eine … eine ...

Doch auch ihr verzweifeltes Weinen half dann nichts; wenn er seine Phase hat, weicht das Misstrauen nicht aus seinem Blick und seine Fantasie schlägt Purzelbäume und wird zum Horror-Szenarium...

Jetzt steigt sie in den Bus, setzt sich und neben ihr oder gegenüber sitzt ein Kerl. Der sieht sie und, ist doch klar, lässt sie nicht mehr aus den Augen. Vielleicht ist sie genervt, vielleicht aber auch geschmeichelt. Wenn sie aufsteht, folgt er ihr. Bestimmt stößt er sie an, rein zufällig natürlich, entschuldigt sich aber sofort.

Er ist überaus charmant, genau ihr Typ, das hat sie natürlich aus dem Augenwinkel längst erkannt. Er scherzt, sie lächelt.

„Ich weiß, es ist sicher ganz unschicklich, aber ... könnten wir nicht vielleicht eine Tasse Kaffee zusammen trinken? Ich habe noch nie eine Frau so direkt angesprochen, entschuldigen Sie…"

Eine kurze Anstands-Bedenkzeit und dann: „Ja, warum nicht?" Sie strahlt ihn an. Er sieht gut aus! Sie fühlt sich nicht wie eine Putzfrau, eher wie eine Königin!

Sie weiß genau, wie sie auf Männer wirkt, hat ihre Blicke schon allzu oft gespürt. Und ihr Lächeln, dieses viel versprechende Lächeln! Da denkt doch jeder Mann sonst was!

Bei Café Knigge hält er an. „Hier schmeckt der Kaffee am besten!"

Sie trägt ihr rotes, eng anliegendes Strickkleid, das ihre weiblichen Formen noch unterstreicht. Natürlich spürt sie seine Blicke, sie bohren sich in ihr Dekolleté. Dass die Bedienung die Bestellung aufnehmen will, hat er noch gar nicht bemerkt.

Unbeschwertes Plaudern, helles Lachen, ein Unbeteiligter hätte sofort gedacht, ein Liebespaar.

Plötzlich erheben sich die beiden nach einem vertraulichen Flüstern und verschwinden, zu mir oder zu dir?

Igor ist noch auf seiner Arbeitsstelle, als Liliana gegen Abend schwer bepackt nach Hause kommt. Sie stellt erst mal alles ab und legt für einen Moment ihre müden Beine hoch. Aber dann muss sie sich beeilen: sich frisch machen, umziehen … Warum nicht das Rote? Er mag es doch so gern. Wo ist es bloß? Ach, da hinten im Schrank.

Sie räumt noch auf und stellt gerade ein paar Teller in die Spülmaschine, als ihr Mann plötzlich vor ihr steht, mit zwei Tassen in der Hand. „Was ist das? Zwei Tassen? Du wolltest sie gerade wegräumen. Wer war hier? Sag!" Drohend erhebt er seine Faust, seine Augen funkeln wild.

„Bitte Igor, lass das! Wer soll denn hier gewesen ein? Ich war doch die ganze Zeit ..."

„Wo ist er?", er hört ihr gar nicht zu, reißt alle Türen auf, rennt in den Keller.

Ist es schon wieder so weit? Sein Blick! O Gott, diesmal frisst er mich auf!

Und sie hat gedacht, mit dem Alter würde es besser mit ihm. Aber nein, es wird schlimmer. Wer kann ihn bloß aus diesem Teufelskreis befreien?

Wutentbrannt steht er vor ihr. „Wo ist der Kerl? - Und du .. du hast immer noch das rote Kleid an, du Flittchen?!"

Was nun geschieht, kennt sie genau. Sie hält still in der Gewissheit, wenn die Phase vorbei ist, ist er wieder der Alte, wenigstens für eine Zeit.

AS

Genie in der Provinz

Nach der Schule ging ich mit Daniel manchmal in die ‚Hexe'. Das war eine Gaststätte in der Nähe der Schule. Dort gab es einen Kickerautomaten und man traf andere Schüler, die noch nicht nach Hause mussten. Der Gastraum war geräumig, mit tropischen Pflanzen dekoriert, und es lief immer gute Musik. An diesem Nachmittag war es ganz schön voll dort; wir bestellten Cola mit Limo gemischt und stellten uns an den Tresen.

Die Musik war laut und es herrschte ein ziemliches Gedränge. Sylvie und Marion aus unserer Klasse waren auch da. Sie kamen zu uns herüber und bestellten Limonade. Wir sprachen über die Lateinarbeit am Morgen, und Marion beklagte sich, dass wir viele der Ausdrücke, die darin vorkamen, noch nicht gehabt hätten. Ich fand sie nicht so schwierig, aber die Mathe-Arbeit in der kommenden Woche lag mir im Magen.

Plötzlich sagte Sylvie: "Wo ist mein Handy?"

Sie durchsuchte ihren Rucksack, den sie auf dem Rücken trug. „Vorhin war es noch da."

Wir suchten den Boden und die Umgebung ab, aber es fand sich nicht. Ich nahm mein Handy aus der Tasche und meldete mich mit Sylvies ID an. Das Satelliten-Signal ihres Handys meldete sich auf dem Display, und es zeigte, dass ihr Telefon in der Bahnhofstraße war.

Wir leerten hastig unsere Gläser und machten uns sofort auf den Weg. An der Tür war ein ziemlicher Aufruhr. Ein Mädchen, das wir nicht kannten, schien ebenfalls ihr Handy zu vermissen.

Draußen rief Daniel die 110 an, aber die Polizei sagte ihm, es sei kein Einsatzwagen verfügbar. Also beschlossen

Sylvie, Daniel und ich, selbst die Verfolgung aufzunehmen. Marion musste zum Klavierunterricht. Das Ortungssignal von Sylvies Handy hatte sich inzwischen zur Sportbar in der Zimmerstraße bewegt.

Wir fuhren mit der Straßenbahn und liefen zu dem Punkt, den das Handy uns anzeigte und beschlossen dort zu warten. Gegenüber der Sportbar gab es zwei Parkbänke, auf denen wir uns niederließen.

Allmählich bekamen wir Hunger, und Daniel holte Döner von einem Laden ein paar Häuser weiter. Sylvie rief zwischendurch ihre Eltern an, damit sie sich nicht beunruhigten. Auf meinem Handy konnten wir sehen, dass der Akku von Sylvies Handy bald leer sein würde.

Die Zeit drängte. Leute gingen in die Bar, kamen heraus, aber wie hätten wir sie ansprechen sollen? So warteten wir geduldig und vertrauten auf die Technik. Gegen drei Uhr hatten wir unsere Döner-Mahlzeit beendet und begannen mit den Mathe-Hausaufgaben, aber nach kurzer Zeit gaben wir auf, denn wir konnten uns nicht konzentrieren. So saßen wir da und beobachteten die Bar gegenüber. Die Zeit verging. Wenigstens regnete es nicht.

„Ich weiß nicht, ob Kant Recht hat", sagte plötzlich Daniel. „Diese scharfe Trennung zwischen Vernunft und Instinkt ist falsch. Vernunft ist die Extension des Instinkts."

Er war offensichtlich bei der Philosophiestunde vom Morgen. „Wenn der Affe die Kokosnuss mit dem Stein bearbeitet, ist das dann Vernunft oder Instinkt?"

„Die meisten Philosophen machen diese Trennung", sagte Sylvie.

„Wenn die Vernunft die evolutorische Fortentwicklung des Instinkts ist, anders kann es gar nicht sein, dann muss der Übergang graduell sein", sagte Daniel. „Wenn Kant bei seiner Moralphilosophie ausschließlich auf die Vernunft setzt und den Instinkt ausschließen will, so muss er daneben liegen."

Ich dachte darüber nach. Tiere hatten sicherlich auch so etwas wie Vernunft, vielleicht nicht so ausgeprägt, wenn ich an die Bienen dachte, die sich ihre Futterplätze mitteilen, oder an die Hyänen, die in Gruppen jagen. Aber wozu war diese Trennung so wichtig?

„Das Signal bewegt sich", sagte Sylvie plötzlich.

Es bewegte sich in Richtung Bahnhof; aber die Akkuleistung war runter auf drei Prozent! Wir rafften unsere Sachen zusammen und machten uns auf den Weg. Dann entdeckten wir auf Höhe der Stadthalle drei verdächtige Männer. Wir näherten uns den Dreien unauffällig, und als wir nahe genug waren, löste ich mit meinem Handy den Alarmton auf Sylvies Handy aus. Hoffentlich war auf ihrem Gerät die Funktion ‚Handy suchen' aktiviert.

Und tatsächlich, bei einem der Männer piepste es in der Jacke. Doch was war jetzt zu tun? Konnten wir einen Kampf riskieren? Daniel ging vor und sprach die Männer an. Sie blieben zum Glück ruhig, aber das Gespräch war sehr schwierig. Sie sprachen kaum Deutsch und waren aus Bulgarien. Wir riefen wieder die Polizei, und innerhalb weniger Minuten erschienen zwei Streifenwagen.

Die Polizisten befragten den Mann. Er behauptete, er habe das Handy auf dem Gehweg gefunden. Die Polizisten fragten uns, ob wir uns erinnern konnten, die drei Männer in der ‚Hexe' gesehen zu haben, aber daran konnten wir uns nicht erinnern. Sylvie war sich aber ganz sicher, dass sie das Handy nicht verloren hatte. Und immerhin kam dort zur selben Zeit einem weiteren Mädchen das Telefon abhanden.

„Einen Diebstahl können wir nicht nachweisen", sagte einer der Polizisten, „aber es könnte eine Fundunterschlagung in Betracht kommen. Allerdings, da seit dem Verschwinden des Handys nur wenige Stunden vergangen sind, kann man dem Mann noch nicht unterstellen, dass er das Handy für sich behalten wollte."

Sylvie war froh, ihr Handy wiederzuhaben, und wir machten uns auf den Weg nach Hause.

War es nun Instinkt oder Verstand gewesen war, der zur Auffindung des Täters geführt hatte?

PB

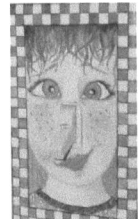

Die Magie der Steine

Der Edelstein an ihrer Goldkette funkelte. Ihr neuer Liebhaber war zwar steinalt, aber er hatte Stil.

Irgendwie erinnerte er sie an Ulli Stein, für den sie früher so geschwärmt hatte.

Er war beileibe kein Einstein, dafür besaß er eine riesige Bruchsteinvilla in Steinhagen mit einem echten Steinway, obwohl niemand darauf spielen konnte.

Zu Weihnachten durfte sie sich wieder einen Ring aussuchen. „Welcher Stein soll es denn diesmal sein, Liebling?" fragte er.

Gerd, ihr früherer Freund, hatte ihr höchstens mal eine Versteinerung geschenkt, die er selbst aus den Kalksteinschichten eines Solnhofener Steinbruchs herausgeklopft hatte. Der Abdruck sollte ein Trilobit sein, irgendsoein Dreilapp-Urvieh aus der Steinzeit, aber sie konnte nicht viel erkennen.

Ach, der Gerd! Jedes Wochenende hatte er sie rausgeschleppt in die Natur, zum Beispiel nach Warstein in die

Tropfsteinhöhle oder zu den Externsteinen. Manchmal musste sie mit ihm stundenlang Steinpilze suchen.

Als sie endlich den Mut fand, mit ihm Schluss zu machen, war er wie versteinert. „Du hast ein Herz aus Stein!" rief er und weinte zum Stein-Erweichen.

„Ich muss jetzt steinhart bleiben", sagte sie sich. „Ich liebe ihn schon lange nicht mehr." Und ihr wurde blitzartig klar: „Am meisten hat mich noch sein Zahnstein gestört!" - Zum Abschied überreichte sie ihm einen Schmeichelstein.

AS

Ruhr-Universität Bochum

Da liegt sie, die Ruhr-Universität Bochum, an der ich so viele Jahre verbrachte. Wie eine Festung mit 13 grauen Türmen erscheint sie, wenn man sich von Süden her nähert. Losgelöst, für sich, selbstbewusst, fern der Stadt, abweisend auf den ersten Blick.

Erinnerungen werden wach, als wir uns nähern: das erste Mal von zu Hause weg, Parken auf provisorischen Schotterparkplätzen, lange Schlangen vor der Mensa, neue Freundschaften mit Kommilitonen, Unmengen von Flugblättern auf den Mensatischen mit Botschaften, die wir uns an der Schule nicht einmal zu denken getraut hätten: Aufruf zur Revolution, zur Demonstration, zur Befreiung von den Fesseln des Wertesystems unserer Erziehung. Und jetzt fahre ich meine Tochter hierher, wo sie für drei Wochen einen Chinesisch-Kurs absolvieren wird für ihr Semester in Peking.

Ausgerechnet hier! Ich hatte damals genug von dieser Betonwüste, war froh, als ich weg kam. Endlose Gänge, alle gleich. Beton, wohin man sah, wenn mit Graffiti beschmiert, umso schlimmer; nur von der Mensa sah man durch große Glasscheiben ins Grüne in Richtung Ruhrtal.

Wie beneidete ich meine ehemaligen Klassenkameraden in Münster, Marburg, Göttingen, und wo sie sonst noch studierten, mit ihren hübschen Altstädten und Studentenkneipen. Unser Deutschlehrer hatte einmal gespottet, wir würden ja doch in Bochum studieren, nicht so weit weg von der Mutter. Aber was sollte man machen, wenn die Finanzen knapp waren.

Und doch, habe ich hier nicht gelernt zu parken, 80 Meter im Slalom rückwärts zu fahren um die in der Mitte zwischen den Parkbuchten parkenden Autos herum, weil irgendjemand mal wieder die zweite Ausfahrt des Park-platzes zugeparkt hatte?

Monotonie von außen fördert anscheinend die Kreati-vität in den Köpfen. Hier gab es den ersten Tramperbahn-hof, rote runde Schilder mit den Namen Recklinghausen, Essen, Dortmund, Herne, an denen man sich anstellen konnte und auch abends noch mitgenommen wurde. Und wenn mittwochs abends der Studienkreis Film seine Filme per Beamer an die Wand des Hörsaals HZO 20 projizierte, dann konnte man sicher sein, dass bei der ersten schmalzi-gen Liebesszene ein Schattenkrokodil von den Kommilito-nen in der hinteren Reihe zwischen die Liebenden ge-schickt wurde, oder dass ein passender Kommentar zu einer Szene – von jemandem in den Hörsaal gerufen – den Saal zum Grölen brachte.

Späße hatten wir ständig im Kopf. Einmal traf ich ei-nen Bekannten aus meiner Heimatstadt, der einige Klassen unter mir war, in den Gängen der Uni. Er wollte sich ein-schreiben und er hatte - anscheinend eine neue Generation von Student - seine Mutter dabei.

Daraufhin entwarf ich ein Flugblatt, in dem ich an der Uni einen Elternsprechtag ausrief. Die Dozenten würden sich ab 14 Uhr für Besuche in ihren Räumen bereithalten, die Vorlesungen fielen aus. Ein Mitstudent besorgte ein authentisches Layout, und wir hängten es neben die Auf-züge.

Oder die Sache mit dem Parkhaus. Als Fahr-Uni hatte die Ruhr-Universität immer ein großes Parkproblem. Ein-mal sah man an der Westseite des Gebäude-Komplexes ein Parkhaus in die Höhe wachsen, und es wurde wild speku-liert, wer dort wohl würde parken dürfen. Es war d a s Gesprächsthema in der Uni.

Nun, die Neugier konnte gestillt werden. Wir, das heißt unsere Clique aus Wirtschaftsstudenten, entwarfen ein Antrags-Formular für einen Platz in dem Parkhaus, welches wir in der Mensa auslegten. Darin verlangten wir neben den üblichen Personalien zwei aktuelle Passbilder, die genaue Entfernungsangabe zum Wohnort, vom ADAC bestätigt, Meldebescheinigung, Einverständniserklärung der Eltern, Kopie des Führerscheines und Kraftfahrzeugscheines und Führungszeugnis.

Die Bewerbung sollte an den Kanzler der Uni geschickt werden. Es müssen wohl zahlreiche Bewerbungen eingegangen sein, denn in der nächsten Ausgabe der Uni-Zeitung sah sich der Kanzler genötigt, mitzuteilen, man möge von weiteren Bewerbungen absehen.

Würde meine Tochter das alles verstehen? Und dass wir demonstriert haben gegen den Einmarsch der Amerikaner in Kambodscha, gegen die Große Koalition, kurz, gegen die Politik der Herrschenden und nicht dafür; und dass wir die Wahrheit woanders suchten als in dem, was uns die Massenmedien täglich vorspiegelten?

Inzwischen sind wir bei dem Wohnheim in der Laerholzstrasse angekommen, in dem sie während ihres Kurses wohnen wird, und – man glaubt es kaum – es ist genau das Wohnheim, in dem ich zu Beginn meines Studiums gewohnt habe.

PB

Der Gerd

Der Gerd fuhr auch mal nach Bengalen
Dort litt er erhebliche Qualen
Das Essen war scharf
Er kriegte kaum Schlaf
Jetzt lebt er entspannt in Westfalen

PB

Aus der Forschung

Man gab dem Schimpansen `nen Wein
mit Stift und Papier für `nen Reim
Er schrieb ein Gedicht
versteh'n konnt' man's nicht
die Kritiker fanden es fein.

Man gab dem Gorilla `nen Wein
Papier und `nen Stift für `nen Reim
Er bekritzelt' den Schrank
und dann noch die Bank
In Zukunft lässt man es sein.

PB

Der film

Dieser film wie bin ich da hinein gekommen ich weiß
es nicht mehr
ich will hier raus ich seh' mich um - die anderen sitzen
still
die handlung langweilt mich wie lange geht er noch
ich will an etwas denken, etwas anderes, interessante-
res
schließ' die augen, kopfhörer - musik ---
entschlummere sanft dann wieder
  …
die augen auf wo bin ich
diese dauerwerbung – politikerfratzen – frontberichte
ich will gehen meine glieder sind schwer
ich komm' nicht vom fleck um mich die stille masse
sie schaut gebannt ich schaue weg
sinke in meinen weichen sessel
aber die auf den holzbänken
wenn dies kein traum wäre
dann … ach was!

PB

Herforder Straße

Der Motor brummt munter in süßlichem Duft
durch die langsam fahrenden Lichter
Regentropfen, sie flieh'n ihre Bahn
und enden in einem Trichter

Flott fährt der Wagen auf seiner Spur
Verschwomm'ne Gestalten passieren
Im Zeitlupentempo zieh'n sie vorbei
um im Dunste sich zu verlieren

Sie sind nur Statisten vor meiner Wolke
mit wärmenden Wänden aus Schall
Die hässlichen Bauten, sie sind so fremd
und so schön mit einem Mal

Die Pfützen blenden im Lampenlicht
bespritzen die Promenade
Ein letzter Zug noch - oh Götterschmaus
Wo ist denn die Schokolade?

PB

143

Aus dem Tierreich

Im Schilf verborgen sitzt die Ente
Dort wartet sie auf ihre Rente

PB

144

An diesem Samstag 27. 3. 2021

reibt sich Boris Johnson die Hände. „Na, wie haben wir das gemacht, Carrie? Sogar die über Siebzigjährigen haben schon mindestens eine Impfe! Und die Achtzig- und Neunzigjährigen schon lange! Wenigstens diesmal ist alles top gelaufen, das musst du zugeben! Wenn man bedenkt, was hier vor einem Jahr los war! Katastrophe! Mehr als 117 000 Pandemie-Tote allein bei uns. Die meisten in ganz Europa! Man darf es gar nicht laut sagen, oh my goodness!"

Er rauft sich die Haare.

„Na ja, Darling, du hast am Anfang ganz schön viel Mist gebaut."

„Stimmt", gibt er etwas zerknirscht zu, „wer hätte gedacht, dass es mich so erwischt? My love, du hast auch genug mitgemacht, ich weiß!" -Er tätschelt etwas unbeholfen ihre Schulter.

„ Aber immerhin: eins ist ja jetzt wohl allen klar: Wenn wir noch in der EU wären, dann ging's uns schlecht! Guck sie dir an, wie sie schreien! Die kriegen einfach keinen Impfstoff, nichts! Jedenfalls viel zu wenig. Und mussten auch noch an uns so viel liefern! - Tja, Vertrag ist Vertrag!"

„Oh, lucky Bo!" Seine Verlobte drückt ihm die Hand. Sie hat ihm längst verziehen, dass er vor einem Jahr so unvernünftig war. Na, Verziehen wäre zu viel gesagt, sie hat beschlossen, bloß nichts nach außen dringen zu lassen,: Gute Miene zum bösen Spiel. Bei ihren Freundinnen allerdings nahm sie kein Blatt vor den Mund:

„Es ist so typisch! Er meint, er ist unverwundbar! Als alles anfing, hat er es ja nicht mal für nötig gehalten, eine Maske zu tragen. Er doch nicht! Und meckerte immer: Wie sieht das denn aus? Bin ich im OP oder was? War doch kein Wunder, dass er sich diese verdammte Krankheit dann gefangen hat. Und ich hochschwanger. Na ja. Und der Name des Kleinen. Wie findet ihr den? Sowas hatte ich noch nie vorher gehört. Wilfred! Nach dem Arzt, der ihm das Leben gerettet hat. Und ich wollte immer so gern Jeremy."

Die Freundinnen haben sie einigermaßen beruhigen können: es gäbe noch viel schlimmere Namen. Zwei von ihnen fanden ihn sogar ganz niedlich und überlegten schon, ob sie ihr nächstes Kind eventuell auch so nennen.

Doch ihr war plötzlich klar geworden, dass sie mal wieder viel zu viel ausgeplaudert hatte. „Wehe, ihr schweigt nicht wie ein Grab darüber, was ich euch erzählt habe!" „Absolutely!", kam es wie aus einem Munde zurück.

Denn immerhin hat sie die Hoffnung noch nicht aufgegeben, dass er ihr endlich einen Antrag macht. Im Juli werden es nun schon zwei Jahre , dass sie mit ihm in die Downing Street einzog als „First Girlfriend". Ein schauriger Titel, das erste Mal vergeben. Es wird höchste Zeit, dass sich das ändert. Schließlich haben sie doch jetzt ein Kind! Und sie hat doch immer von einer weißen Hochzeit geträumt! Aber ob das überhaupt möglich ist? Der war doch schon zwei Mal verheiratet ..

Boris reißt sie aus ihren Gedanken. „Die Friseure öffnen doch wieder! Hab gerade einen Termin gemacht!" „Ja, das ist wirklich nötig", sie verzieht das Gesicht, „so, wie du auf dem Kopf aussiehst!"

„ Geht aber erst morgen! Heute ins Pub! Wow! Endlich!"

An diesem Samstag

überlegt Familie Sommer, mit wem sie sich Ostern treffen können. Wie lange noch? Nimmt das denn gar kein Ende? Langsam geht die Puste aus. Sie sind nur noch genervt. Über ein Jahr tyrannisiert sie das Virus nun schon und keine Besserung in Sicht. Im Gegenteil, noch nie war die Bedrohung so dramatisch wie jetzt.

Die Ungewissheit steigt auch noch durch die Mutanten, die viel ansteckender sind und die Krankheit viel heftiger ausbrechen lassen.

Wer hätte das gedacht vor einem Jahr? Als im Sommer schon alles gelockert wurde und man sogar in Urlaub fahren konnte. Zwar blieben die meisten in Deutschland, für den Fall des Falles. Wer will denn um Gottes Willen in Frankreich, Italien oder Spanien ins Krankenhaus eingeliefert werden?

Aber dann kam die zweite Welle. Wieder Lockdown, Kitas, Schulen, Theater, Restaurants, Geschäfte geschlossen. Wieviele Existenzen standen auf dem Spiel?

Und jetzt wieder. Zwei Haushalte mit höchstens fünf Personen dürfen sich treffen, Kinder bis vierzehn nicht eingeschlossen. Ob das wirklich nötig ist? Oma hat doch schon eine Impfe. Wir lüften einfach öfter mal.

An diesem Samstag

fährt Herr Becker zur nächstgelegenen Apotheke, um eine Packung medizinischer FFP- Masken zu kaufen. 5 Stück bekommt er als über Siebzigjähriger für 2 Euro. „Kann ich Ihren Ausweis sehen?", fragt die Apothekerin etwas unwirsch. „Hier, bitte!"

Sofort wird sie freundlicher. „Ich gucke gar nicht auf das Geburtsdatum", sagt sie, „nur auf Ihre Adresse. Also dieser Maskentourismus! Sie können sich gar nicht vorstellen, wo die Leute alle herkommen. Die machen wohl noch Geschäfte damit."

„Gib mir mal eine ab, das reicht! Die sehen so hässlich aus", sagt seine Frau, als er zu Hause ankommt. „Weißt du noch letzten Sommer? Da gab es so schöne Masken passend zum Kleid! Gerti hat mir auch noch so hübsche genäht, mit Blümchenmuster! Die kann ich doch nicht einfach wegwerfen!"

An diesem Samstag

ist die sechsjährige Lotta bei ihrer Oma zu Besuch, nicht ohne vorher einen Test zu machen. Der war negativ.

Sie spielen, Oma liest eine Geschichte vor, dann sieht die Kleine die Zeitung auf dem Tisch liegen. „Guck mal, Oma, das ist ja Jens Spahn. Ich sag dir was, aber du darfst es nicht weitersagen." Sie flüstert: „Ich bin in Jens Spahn verliebt, der hat so süße Locken!"

Ihr neues Kuscheltier, ein Hase, heißt Robert. Mit Nachnamen: Kochinstitut.

An diesem Samstag

sitzt Helmut mit seiner Frau im Flieger nach Mallorca. Er musste sie zwar lange überreden, aber dann irgendwann hat sie doch zugestimmt. Endlich raus! Diese ganze Pandemie ist ihm ein Gräuel.

Seit einer Woche darf man dorthin, nach vielen Monaten des Lockdowns. „Was, ihr fliegt nach Malle?", hatte sein Bruder ihn gefragt. „Ihr seid ja nicht ganz bei Trost! Da holt ihr euch doch erst wirklich was! In den kleinen Fliegern sitzt ihr doch ganz eng mit anderen zusammen. Wie kann man nur!"

„Mir fällt die Decke auf den Kopf! Ich werd noch depressiv! Es wird schon nichts passieren. Wir halten doch Abstand! Und man muss einen Test machen!"

„Mach, was du willst. Aber eins sag ich dir: Auf Intensiv, da bist du ganz allein. Und du kannst froh sein, wenn du da überhaupt noch einen Platz kriegst!"

An diesem Samstag

freut sich der junge Arzt im Wuppertaler Impfzentrum. Er hat gerade gehört, dass zwei Corona-Impfen wahrscheinlich nicht ausreichen werden und noch ein drittes mal nachgeimpft werden muss. Er ruft seine Freundin an, ist ganz aufgeregt: Du, Nele, wir können bald heiraten! Ich mach hier richtig Kohle! Einige sollen sogar dreimal geimpft werden. Und, stell dir vor: In einem Jahr wieder! Ist das nicht geil?

An diesem Samstag

wird Katy beerdigt. Sie hatte nichts von ihrer Krebserkrankung gewusst, hatte es wegen der Pandemie lange aufgeschoben, zum Arzt zu gehen. Sie ahnte schon, dass es etwas Ernstes war, jede Nacht klitschnass geschwitzt und dann diese bohrenden Schmerzen. Aber sie war immer schon eine Meisterin im Verdrängen, bis ihr Mann Karl sie dann doch zum Hausarzt schleppte.

Da war es schon zu spät. Die Operation eine Woche später hatte sie nicht mehr retten können.

Ihr Mann Karl ist tief erschüttert. „Nicht mal verabschieden konnte ich mich von ihr! Ganz allein ist sie gestorben! Ich durfte nicht zu ihr! Bestimmt hat sie gedacht, ich hätte sie im Stich gelassen!"

An diesem Samstag

klingelt bei Frau Meyerjohann das Telefon. „Oma, hallo, wie geht's? Hier ist Felix." Die Oma wundert sich. Ihr Enkel hat sie eigentlich noch nie angerufen. Komisch.

„Felix? Du rufst mich an? Das ist ja eine Überraschung." - „Ja, ich wollte doch mal hören, wie es dir geht." - „Aber das hat dir doch Mama bestimmt erzählt, dass ich wegen Corona ein Leben wie eine Einsiedlerin führe." - Felix räuspert sich: „Ja, das ist wirklich blöd. Ich besuche dich auch wieder, wenn du geimpft bist." - „In einer Woche habe ich meine 2. Dann kannst du kommen!"

„Oma, ich muss dir was sagen. Mein Computer ist kaputt. Mama hat gesagt, sie kann das im Moment nicht. Könntest du mir Geld geben? 400 Euro? Oder 500? Sag aber Mama nichts davon, bitte! Oma, ich brauch das wirklich dringend!"

„Mann, Junge, das ist aber viel Geld. Da muss ich erst mal zur Kasse gehen!"

„O Oma, danke! Ich wusste es doch! Ich schick 'n Kumpel vorbei, morgen so um elf Uhr. Der hat ein Auto und bringt mir dann sofort das Geld." „Gut. Alles klar. Morgen um elf."

Die alte Frau überlegt. Das war nicht Felix! Ich kenn doch seine Stimme. Vor einem Jahr wurde sie auch schon einmal hereingelegt. Mit Schaudern erinnert sie sich an die zwei weißen Gestalten, die sie angeblich auf Corona testen wollten und ihre Schmuckkassette aus dem Schlafzimmer mitgenommen haben.

Dieser Typ, der mich angerufen hat, will doch auch nur mein Geld, geht es ihr durch den Kopf. Ha, dich kenn ich schon aus der Zeitung, Bürschchen! Mit mir nicht!

Als es am nächsten Tag bei ihr um elf klingelt, wird der junge Mann schon erwartet, nicht nur von Frau Meyerjohann, sondern auch von zwei Polizeibeamten.

Diesmal sind sie aber ganz umsonst gekommen.

An diesem Samstag

wird Elke das erstemal klar, dass die Lage sich so zugespitzt hat, dass es für alle supergefährlich werden kann. Und was sagt Kurt, ihr Mann, dazu? Das habe ich doch immer schon gesagt! Jetzt begreifst du´s auch mal endlich!

Er unkt schon seit einem Jahr. Gehört zu den Ängstlichen, die sich jeden Abend pünktlich um acht und oft auch nochmal um viertel vor zehn den Abend verderben lassen durch all die grausigen Nachrichten.

Elke dagegen hat wenigstens eine tolle Radtour machen können im letzten Sommer, mit ihrer Freundin.. Immerhin! Wo schon die geplante Japanreise, auf die sie sich so gefreut hat und für die sie sogar Japanisch gelernt hat, ausgefallen ist.

Aber jetzt ist auch sie alarmiert. Wer weiß, wann es endlich Impfen gibt für ihre Altersstufe? Zu den ganz Alten gehört sie nicht und ihre Vorerkrankungen zählen nicht. Man muss Geduld haben. Immerhin ist es ein Wunder ist, dass überhaupt schon wirksamer Impfstoff entwickelt wurde in dieser sensationell kurzen Zeit.

Doch die englische Variante grassiert hier in der Stadt, das macht ihr große Sorgen. Bei 40% der Erkrankten ist sie bereits nachgewiesen. Und sie treibt weiter ihr Unwesen, macht auch junge Leute, die bisher weitgehend verschont geblieben sind, schwerkrank. Was wird mit Jan?, denkt sie. Ihr Sohn hatte als Kind und Jugendlicher Asthma und bekam immer Spray. Und wenn er jetzt erkrankt? -

Das Riesenfoto in der Tageszeitung vor einigen Tagen, ein Sarg mit der Aufschrift: „Vorsicht, infektiöse Leiche" geht ihr nicht mehr aus dem Sinn.

Sie macht in dieser Nacht kein Auge zu.

An diesem Samstag

arbeitet die junge Ärztin im Impfzentrum in einer Kleinstadt in der Normandie. Sie geht gerade die üblichen Punkte durch: "Allergien? Nehmen Sie Blutverdünner? Andere Medikamente?"

Die Frau ihr gegenüber im eleganten Kleid wirkt nervös. Unruhig wippt sie mit den Füßen hin und her: „Geht es nicht schneller? Ich habe keine Zeit! Geben Sie mir doch endlich die Impfe!"

Die Ärztin schaut sie verwundert an: „So schnell geht das nicht! Ich muss Sie erstmal aufklären. Sie haben also eine starke Pollenallergie. Das heißt, Sie müssen nach der Impfe noch mindestens eine halbe Stunde hierbleiben, man muss das beobachten!"

Die Patientin ist erbost, springt auf: „Das hat mir keiner gesagt! Ich muss noch zurück nach Paris! Bin extra von so weit gekommen, damit ich überhaupt einen Termin kriege! Wie soll ich denn den Rückweg schaffen? Ab 18.00 Uhr ist Ausgangssperre, das wissen Sie doch!"

Als sie geimpft werden soll, kann sie den engen Ärmel nicht hochziehen, zerrt sich das Kleid über den Kopf. Eine Naht reißt, sie kann sich gerade noch beherrschen, einigermaßen ruhig den linken Arm hinzuhalten.

Dann zieht sie hastig ihr Kleid wieder an, greift blitzschnell nach dem Impfpass und verschwindet.

An diesem Samstag

stürmt Elsa zur Tür herein. „Mama, Elena in Italien ist schon geimpft. Die ist so alt wie ich und arbeitet nicht in der Schule oder Kita. Auch nicht mit Alten. Alle 35jährigen haben schon mindestens eine Impfe!" - „Ach, Mafia!" brummt ihr Vater.

„Quatsch! Was ich ihr erzählte, konnte sie nicht glauben! Deutschland, das tolle Deutschland! Das doch letztes Jahr mit der Pandemie so viel besser klargekommen ist als Italien! Und da sollen demnächst erst die unter 80jährigen mit der ersten Impfe dran sein? Sie hat sich kaputtgelacht."

An diesem Samstag

arbeitet Holger wieder auf der Intensivstation. Er ist Krankenpfleger und musste eine Extra-Schicht einlegen, weil so viel zu tun ist. Wieder muss er eine der dicken schwarzen Riesen-Plastktüten hervorziehen, viel zu groß für die kleine, zusammengekrümmte alte Frau, die er in der letzten Woche an das Beatmungsgerät angeschlossen hat. Verzweifelt hatte sie sich an ihn geklammert: „Helfen Sie mir! Ich will noch nicht sterben! Bitte! Ich will doch wenigstens mein Enkelkind noch einmal sehen!" Er hatte ruhig auf sie eingeredet, sie gestreichelt, bis sie das Bewusstsein verlor.

Jetzt muss er sie in dieses schreckliche Plastik sperren, Seuchengefahr!

Wie ein Gespenst liegt sie da. Seine Schultern zittern, als er sie einschweißt.

An diesem Samstag

treffen sich die beiden Freundinnen Emma und Laura
am Jahnplatz zum Shoppen. Wegen des niedrigen Inzi-
denzwertes ist Bielefeld die einzige Stadt weit und breit,
deren Geschäfte schon in der zweiten Woche geöffnet
sind. Sogar aus dem Ruhrgebiet kommen die Leute.
    „Ich brauch ne coole neue Jeans, komm, wir gehen ins
Loom", schlägt Emma vor. „Okay."
    Die Einkaufsstraße ist schwarz vor Menschen. Ab der
nächsten Woche darf wieder nur mit Termin eingekauft
werden.„Hier ist ja was los. Meine Mutter würde zu viel
kriegen. Corona-Gefahr!" Laura verdreht die Augen. Emma versteht. „Ach, die Alten spinnen! Ich war letzte Woche auf einer Demonstration der Querdenker in Kassel! Ich
find das ganz gut, was die sagen. Die Impfen sind doch
gar nicht richtig erprobt in dieser kurzen Zeit! Das ist Gift,
das die Gene verändert. Nicht mit mir! Und überhaupt:
Keine Reisen, keine Parties! Was soll das? Uns werden die
Grundrechte beschnitten! Also da war richtig Stimmung in
Kassel! Die Polizisten standen nur blöd rum. Mit dem
Virus, das ist doch total übertrieben! Kennst du einen
einzigen, der daran gestorben ist?"

An diesem Samstag

atmet Joe Biden auf. Sein Vorgänger hat das Covid-
Virus lange nicht ernst genommen. Er, Biden, hat schon
seit dem Anfang seiner Amtszeit dafür gesorgt, dass 100
Millionen US-Bürger sogar vierzig Tage eher als versprochen geimpft worden sind. Doch er kann keine Wunder
bewirken. Ed, einer seiner Berater, hat ihm heute morgen

noch die neueste Zahl durchgegeben: 529 921 Corona-Tote allein in den USA, die höchste Zahl weltweit! Grauenhaft!

Gestern machte er eine gute Figur bei seiner ersten Presserunde im Weißen Haus: besonnen und kompetent. Immerhin hat er seinen großen Konkurrenten Trump besiegt, obwohl der es bis heute noch nicht so richtig glauben will.

Biden hingegen schien während des Wahlkampfs nichts aus der Ruhe zu bringen. Doch es gab immer wieder Momente des Zweifels.

Manchmal hält er im Stillen Zwiesprache mit seiner Frau , die so früh bei einem Unfall ums Leben kam: Hättest du das gedacht, Neilia? Ich? Präsident? Dass ich gewinne gegen den? Aber du hast immer schon gewusst, ich habe Nerven wie Drahtseile! Ach, wärst du stolz auf mich! Und auch mit 78 bin ich noch kein Tattergreis. Ich habe gleich verkündet, dass ich natürlich auch noch für eine zweite Amtszeit zur Verfügung stehe, damit sie gleich wissen, wen sie vor sich haben.

Seine zweite Frau Jill, die sich gerade für die nächste Pressekonferenz frisieren lässt, ruft ihm vom Nebenzimmer zu: „Was ist eigentlich mit dem Astrazeneca-Impfstoff, darling? Wir haben doch 50 Millionen Dosen. Davon könnten wir doch was abgeben!" Ihr Mann schüttelt den Kopf. „Jetzt nicht, Jill. Lass uns ein andermal darüber reden."

Gott, diese Themen bespricht man doch nicht, wenn Personal dabei ist! Er seufzt.

Später zischt er ihr zu: „Das Astrazeneca bleibt erstmal schön bei uns! Auch bei mir gilt: America first! Ich werd' ihnen schon sagen: Falls etwas übrig bleibt, können wir es mit dem Rest der Welt teilen."

AS

Otto, hör mal!

Otto, diesmal hab´ ich mir was Besonderes ausgedacht. Ich schreibe erst mal alles auf, was ich dir sagen will und dann les´ ich´s dir vor. Weißt du, Rosi hat mir neulich gesagt, sie führt regelmäßig Tagebuch, alles so von der Leber weg aufgeschrieben, das täte ihr richtig gut.

Zuerst dacht´ ich, was für´n Quatsch. Wer liest das denn? Ihre Kinder bestimmt nicht! Und überhaupt, sollen die das lesen? Na ja, man schreibt lieber nicht so ganz intimes Zeug darein, nachher schafft man es womöglich nicht mehr, es rechtzeitig zu vernichten. Du weißt schon, was ich meine.

Ach, ich hör´ dich schon wieder: „Komm doch endlich zur Sache!" Mach ich ja, aber zuerst muss ich dir den wahren Grund sagen, warum ich mir jetzt so viel aufschreibe. Damit ich es nochmal durchlesen kann, bevor ich dir was Neues erzähle. Ich bin nämlich so´n bisschen vergesslich geworden und will dich nicht langweilen mit immer denselben Kamellen, so wie deine Mutter das immer gemacht hat. Wie geht´s ihr übrigens? Seid ihr da oben auch ein Herz und eine Seele? Bestimmt meckert sie dauernd über mich, dass ich dein ganzes Geld verschleudert habe. Hör nicht auf sie, sie konnte mich noch nie leiden!

Überhaupt, weißt du eigentlich, wie treu ich dir bin?? Nie hab´ ich auch nur einen Kerl angeguckt in den letzten zwei Jahren, seitdem du von uns gegangen bist. Das hättest du nicht gedacht, was? Ich vermiss´ dich so! Wenn ich so an unsere erste Zeit denke, na ja, muss schon zugeben, warst wirklich ´n heißer Lover. Weißt du noch damals im Wald, als plötzlich die Pilzesucher vor uns standen? Mann,

war das peinlich! Aber hinterher haben wir uns kaputtgelacht, so wie die geguckt haben!

Aber später wurdest du mir einfach zu lahm, hast immer so schrecklich viel geraucht und gehustet. Ist doch
kein Wunder, dass ich dich da aus unserm Schlafzimmer
rausgeschmissen habe! Und auch kein Wunder, dass ich ab
und zu mal alleine in Urlaub fuhr. Du weißt doch, ich habe
eine Schwäche für so dunkle Typen, groß und schlank und
knackig. Davon gab's in Marokko jede Menge! Na ja, ich
hab' dir immer erzählt, ich fahr mit Annegret. Die hab'
ich auch einmal mitgenommen, aber das war nichts für sie.
Dann bin ich eben alleine gefahren, mein Gott, was ist
schon dabei? Ist doch lange her!

Ja, Annegret ist jetzt auch von uns gegangen, so plötzlich! Du weißt, sie war meine beste Freundin, aber damals,
als du den Herzinfarkt hattest, hat sie mich einfach allein-
gelassen und ist nicht mit ins Krankenhaus gefahren. Seitdem warn wir nicht mehr so dicke! Ist sie schon bei dir
angekommen? Ist ja auch schon wieder ne Weile her, sie
hat dich bestimmt schon gefunden! Ich sage dir, fang
nichts mit ihr an! Sie war immer schon hinter dir her, das
ist mir jetzt erst klar geworden! Im übrigen, das kannst du
ihr ruhig brühwarm erzählen: ihr Typ hat schon längst
wieder eine Neue! Und was für eine! Knallrot gefärbte
Haare, grüne Fingernägel und ein Gesicht! So geliftet, dass
sie keine Miene verziehen kann! Aber Harry ist stolz, dass
er noch so was Schrilles abkriegt, mit seinen 86.
Um mich ist er ja zuerst auch herumscharwenzelt, aber
ich hab' ihm gleich gesagt, ich bleib dem Otto treu, da
läuft gar nichts.

Otto, du hast doch bestimmt von oben den schönen Al-
tar gesehen, den ich schon fast 2 Jahre im Wohnzimmer

habe für dich? Bilder von dir und mir, immer frische Blumen, Briefe usw. Wie oft hab´ ich da gesessen und geheult und dich vermisst! Dir geht's da oben vielleicht viel besser. Das fänd´ ich ungerecht!

Hier gibt's jedenfalls immer Ärger! Du hast ja sogar noch mitgekriegt, dass Johanna und Erich nicht mehr gut klarkamen. Alles deine Schuld! Wie hast du dein Töchterchen immer verwöhnt, ihr alles abgenommen, da kann ja nichts Gutes bei rauskommen! Ich war ja erst ganz angetan von ihm, er sah toll aus und fuhr ´n echten Porsche! Sie war´n ja schon ein schönes Paar! Und heute? Von wegen Porsche! Sie will ihn jetzt endgültig rausschmeißen, war schon beim Anwalt! Schon so lange hängt er zu Hause rum, will nicht arbeiten! Sie muss schuften und er macht nichts! Jetzt muss sie ihm sogar 1300 Euro Unterhalt bezahlen für ein Jahr! Aber das ist ihr jetzt auch egal, Hauptsache, er zieht aus! Tut er aber nicht!
Stell dir vor, sie hat sich vor kurzem so einen modernen Thermofix-Topf gekauft für 1000 Euro! Kochen kann Madame ja nicht, hat sich ja immer nur an den gedeckten Tisch gesetzt! Jedenfalls braucht man da nur auf irgendwelche Knöpfe drücken und der Topf kocht, so wie im Märchen. Praktisch, nicht? Neulich haben wir Königsberger Klöpse mir Reis und Paprika gegessen, nicht schlecht! Erich war auch irgendwo in der Wohnung, hat aber nichts mitgekriegt. Sie hat gesagt, bevor sie ihm was gibt, schmeißt sie die Reste lieber in den Müll!

So knallhart bin ich nie zu dir gewesen, da kannst du aber froh sein! Übrigens frage ich mich, woher sie das Geld für diesen Topf hat, gerade erst ein neues Auto, der Rechtsanwalt, … Hast du ihr etwa … heimlich? Oh! - Oh! Und mich hast du immer so knapp gehalten, weiß schon, warum. Dabei war es doch nur so ein kleines Hobby von mir. Ein Mal die Woche ins Kasino, was ist denn dabei? Ich geh auch heute noch ab und zu, aber nur mit kleinen Einsätzen, das habt ihr ja gut hingekriegt. Aber was soll's? Vielleicht hätte ich ja wirklich schon das Haus verspielt.

So Otto, jetzt mach ich mal Schluss, meine Arthrose plagt mich, kann nicht mehr schreiben wie früher. Gibt auch weiter nichts Neues. Vergiss mich nicht da oben und bleib mir treu!
Deine Doro

AS

So eine Frecherei!

Bielefeld ist eingeschneit, es fahren keine Busse, keine Bahnen.

Gerlinde muss noch gerade in Brackwede etwas Wichtiges erledigen. Die Sonne scheint und lädt zu einem Schneespaziergang ein.

Besonders romantisch ist es nicht. Man sinkt oft tief ein in den Schnee, der in der Mitttagssonne langsam zu Matsch wird. Die zweispurige Straße kann man nur an der Ampel überqueren, muss aber dabei über hohe Schneeberge balancieren.

Endlich ist sie an der Hauptstraße in Brackwede angekommen, puh! Mit dem Auto immer eine Klack-Sache! Aber zu Fuß? Wenn man bedenkt, wie viel längere Wege früher zu Fuß zurückgelegt wurden …

Gerlinde geht auf dem rechten Bürgersteig die Hauptstraße hoch, muss immer wieder Entgegenkommenden ausweichen, weil nur eine schmale Spur geschippt ist. Dabei dreht sie sich ein bisschen zur Seite, denn man sollte sich in Corona-Zeiten ja nicht zu nahe kommen.

Plötzlich kommt eine Frau von rechts auf sie zugeschossen, reißt sich ihre weiße FFP- Maske vom Gesicht und stöhnt: „Nein! Schrecklich! Keine Luft! Hab Allergie oder sowas und auch ein bisschen Asthma, krieg manchmal schlecht Luft, war schon bei Arzt, aber sagt, ist nicht so schlimm! Keine Ausnahme. Geht nicht. Du musst Maske tragen. So eine Frecherei!"

Sie war gerade bei der Post und hat Pakete für ihre Großfamilie in Bosnien aufgegeben. „Kann man nicht hin, jetzt. Kein Bus, kein Flug, nix. Muss man eben schicken! Die warten!" Sie gestikuliert wild und redet immer lauter.

„Blöde Zeit! Was kannst du machen? Jetzt auch noch länger bis März. Nein!" Sie verdreht die Augen. „Ich geh doch so gern in die Stadt, nach Knigge, kennst du? Ja. Da sitz ich bei Kaffee und guck raus, die Leute, was machen sie? Gehn immer hin und her, was haben sie an? Was ist jetzt modern? Ich gucke, trink Kaffee. - Und ich rede. Finde immer einen zum Reden, oh, ist das schön! Aber jetzt? Nix! Mist!"

Gerlinde hat schon die ganze Zeit versucht, den Abstand zu ihrer Nachbarin zu vergrößern, all den von der Seite auf sie herabschwebenden Aerosolen auszuweichen, doch der freigeschaufelte Weg ist immer noch zu schmal. Den Kopf etwas schräggestellt, lauscht sie den aus dem Munde ihrer Begleiterin auf sie niederprasselnden Worten, notgedrungen, aber auch durchaus nicht uninteressiert

Sie nähern sich langsam dem geschäftigeren Teil der Hauptstraße und Gerlinde zieht ihre Maske aus der Tasche. „Ich glaube, wir müssen jetzt .." Ihre Begleiterin wehrt ab." Ach, siehst du Kontrolleur?"

Mit einem Blick auf Gerlinde: „Sehen Sie jemand? Ich nicht."

Gerlinde, etwas irritiert, setzt aber nun doch schnell ihre FFP-Maske auf und fühlt sich ein bisschen besser.

Ihre Nachbarin sprudelt unverhohlen weiter: „Muss gleich in Real, einkaufen. Weißt du, ich geh jeden Tag zu Fuß!" Sie lacht und ihre dunklen Augen blitzen. Hübsch ist sie, so um die fünfzig, sie trägt eine auffällige, getigerte Jacke, irgendwie passt die zu ihr.

„Ich kauf immer frisch ein. Ach, die haben auch Blumen. Für 1,99. Sind wirklich gut. Kann ich dir .. Ihnen empfehlen! - Heute mach ich Hühnersuppe. Die ist gerade richtig bei dem Wetter. Jeden Tag koch ich was Frisches. Dabei mach ichs mir schön. Die Blumen auf den Tisch!

Radio ganz laut und Musik, immer Musik! Wie in Disko, verstehst du? Küche ist Disko. Wenn mein Mann von der Arbeit kommt, sagt er: Bist verrückt, Slavica! Mach leiser!

Er ist immer kaputt, aber ich will tanzen! Mit ihm! Aber er … „

Plötzlich biegt sie nach rechts ab. „Muss hier raus. Guten Tag noch!““

AS

Wie sag ich's meiner Frau?

Inge und Klaus machen sich Sorgen um ihre Tochter.

Sie: Am besten, du redest mit ihr. Ihr beiden seid doch so
    dicke!
Er: Nee, wieso? Das kannst du doch viel besser!
Sie: Quatsch! Ich hab einfach keine Geduld mit ihr. Sie hat
    diese Art, du weißt schon. So von oben herab, das kann
    ich nicht ertragen. Du musst mit ihr reden. Es geht
    nicht anders.

Nach seiner heiklen Mission kommt Klaus am Nachmittag
zurück und beide machen einen Spaziergang durch den
nahen Park in der Hoffnung, dass frische Luft und Bewegung ihnen gut tut und das Gespräch etwas abmildert.
Doch sie gehen schweigend. Irgendwann halten sie an,
lehnen sich über eine Brüstung und starren in den wild
tosenden Gebirgsbach.

Sie: Und – was hat sie gesagt?
Er (räuspert sich): Was soll sie schon gesagt haben?
Sie: Also hör mal, ich dachte, du hättest ihr ordentlich die
    Leviten gelesen!
Er starrt düster vor sich hin.
Sie: Ich seh schon, wieder das alte Lied! Du bist ihr also
    wieder mal auf den Leim gegangen.
Er: Dann mach du das doch. Sprich du mit ihr!
Sie: Als hätte ich das nicht schon oft genug gemacht. Sie
    hört ja doch nicht auf mich.
Er: Da siehst du' s. Und ich ..
Sie: Ja, du! Du hast den besten Draht zu ihr. Es darf doch
    nicht sein, dass sie einfach aus dieser Ehe ausbricht!

Er: Ich misch mich da nicht ein.

Sie: So, so. Du mischst dich da nicht ein. Und denkst du gar nicht an Theo? Der ist jetzt gerade in der Pubertät. Wenn der erfährt, dass seine Mutter einfach abhaut, kriegt der einen Knacks fürs Leben. Du weißt, wie sensibel er ist.

Er: Jetzt mach mal halblang! Als ob der nicht schon längst was mitgekriegt hätte, der weiß bestimmt mehr als wir.

Sie: Der Arme! Warum hat er mir das nicht erzählt?

Er: Er will dich wahrscheinlich nicht unnötig aufregen.

Sie: Unnötig? Ich reg mich aber auf. Wie kann man einfach so den andern verlassen nach so vielen Jahren? Sie sind doch so ein schönes Paar!

Er: Inge, bitte, reiß dich zusammen! Pscht! Hinter uns geht gerade Frau von Schnakenburg vorbei mit ihrem Oskar.

Schweigen.

Sie (flüstert): Die ist doch jetzt auch alleinerziehend. Diese jungen Leute heute …

Sie: Hast du denn nun rausgekriegt, w a r u m sie gehen will?

Er: Weißt du doch. Sie fühlt sich nicht ernst genommen, er macht ihr Vorwürfe, dass sie zu viel arbeitet, dass er sich auch noch um den Haushalt kümmern muss …

Sie: Und – das war alles? Ich glaub' s nicht. Irgendwie hat sie sich total verändert in letzter Zeit! Das muss dir doch auch aufgefallen sein. Wie sie plötzlich auf ihre Figur achtet! Kein Stückchen Schokolade mehr. Hält streng Diät. Da steckt doch was dahinter! Und wie sie sich rausputzt. Da stimmt doch was nicht.

Er: Also gut. Sie hat einen kennengelernt.

Sie: Aha! Hab ich's mir doch gedacht! Nett, dass ich es auch mal erfahre. Dir muss man aber auch alles aus der Nase ziehen!

Er: Ich wollte es dir sagen, aber du hast gleich so losge-
donnert …

Sie: Warum sagt sie mir das nicht? Oder gleich uns beiden
zusammen?

Er: Na ja, sie fürchtet wohl auch deine Reaktion.

Sie (seufzt): Und was ist das für ein Kerl, den sie da aufge-
gabelt hat? Hast du ihn etwa gesehen?

Er: Ja. Aber mehr zufällig.

Sie: Und?

Er (zögert): Was soll man sagen? Ganz nett!

Sie: Ganz nett? Das ist alles?

Er: Tja, und recht jung eben.

Sie: Recht jung? Aha! So läuft der Hase! Also .. lass mich
schätzen .. so zehn Jahre jünger, was?

Er: Mehr so sechzehn.

Sie: Nein, das kann nicht sein! Dann ist er ja gar nicht viel
älter als Theo!!! Und wegen so einem Bubi .. Klaus, bitte, sag, dass das nicht wahr ist! Du willst mich doch
bloß auf den Arm nehmen..?

Er: Inge, hey, halt dich fest! Pass auf, dass du nicht über
das Geländer fällst!-

Puh, bin ich froh, dass du es nun endlich weißt. Ich find' s
ja auch nicht gut. Andererseits: sie ist schließlich sehr
attraktiv! Und überhaupt: Macron hat ja schließlich
auch seine Lehrerin geheiratet!

AS

Neues Restaurant

Ein neues, interessantes Fast-Food-Restaurant war dies, ich hatte davon gelesen; es sei alternativ und sozialverträglich, hatte es geheißen. Und nun war ich eher zufällig hier gelandet, weil ich in der Nähe war - ich hatte für meinen Nachbarn den Hund zum Tierarzt gebracht - und gerade Appetit auf eine Portion Pommes Frites hatte. Ja, eigentlich ernähre ich mich gesund, aber manchmal, vielleicht einmal im Monat, habe ich ein Verlangen nach so richtig fetten, salzigen Pommes, schön knusprig frittiert.

Dieses Restaurant war futuristisch aufgemacht mit seiner großen Glasfassade an der Eingangsseite und den Figuren aus leuchtenden Neonschläuchen an den Fliesenwänden. Der Tisch, an dem ich saß, hatte die Form und Bemalung eines Raumschiffs. Da lag ein Handzettel, und ich las: ‚Wir haben einen sozialen Anspruch. Hast du viel Geld, zahlst du höhere Preise, hast du wenig Geld, zahlst du niedrigere Preise'.

Ich schaute auf meine Pommes und stutzte. Ich hatte nur einen Preis für Pommes gesehen auf dem Bildschirm, der oberhalb der Theke hing. Und nach meinem Einkommen hatte mich niemand gefragt. Jetzt fiel mir, bei genauerem Hinsehen, unterhalb des Bildschirms etwas auf, etwas, das wie ein Kameraauge aussah.

Sollte es etwa so sein, dass der Kunde fotografiert und durch einen Algorithmus …?

Ich konnte es mir nicht vorstellen. Die Pommes erschienen mir mit 3,50 Euro allerdings nicht besonders preiswert, und ich schaute unwillkürlich an meiner Kleidung herab.

Da betrat ein neuer Kunde das Lokal. Langsam, ziel-
bewusst, mit erhobenem Kopf ging er auf die Theke zu
und wartete. Doch was war das? Der Bildschirm zeigte
den Preis für Pommes mit 1,80 Euro an. Der junge Mann
trug etwas zerschlissene Jeans, ein T-Shirt mit einer Aufschrift, Jesus-Latschen, und beim Frisör war er offensichtlich auch seit längerer Zeit nicht gewesen. Er bestellte
Bratwurst mit Pommes und zahlte drei Euro fünfzig.

Ich konnte kaum glauben, was ich sah, und ich wollte
es jetzt genauer wissen. Nicht dass es mich aufregte, dass
er so viel mehr fürs gleiche Geld bekam, und ich bin
durchaus nicht auf Almosen angewiesen, es interessierte
mich einfach die Technik, die dahinter steckte.

Ich streifte mir das Jackett vom Oberkörper - warum
hatte ich eigentlich heute das blöde Ding angezogen –
knüpfte die oberen Hemdsknöpfe auf, krempelte die Ho-
senbeine halb hoch und fuhr mit der Hand über meinen
Haarschopf. So, jetzt wollte ich mal sehen, was passierte.

Ich ging zum Eingang und drehte mich in Richtung
Theke, die mein Vorgänger gerade verließ, wobei ich ein
angedeutetes überlegenes Lächeln auf seinem Gesicht
wahrzunehmen glaubte. Langsam ging ich los, doch nichts
passierte. Da, etwa zwei Meter vor der Theke sprang der
Bildschirm um und die Speisekarte zeigte 2,40 Euro für
eine Portion Pommes an.

2,40 Euro, schlechter sehe ich nicht aus? Das wollen
wir doch mal sehen. Ich ging zurück zum Eingang, riss mir
das Hemd vom Leib, öffne die Hose, zerzauste mir die
Haare und marschierte wieder auf die Theke zu, wobei ich
noch eine Grimasse schnitt. Kurz vor meinem Ziel sprang
der Pommes-Preis auf zwei Euro.

Was hat der, das ich nicht habe? Jetzt war mir alles
egal. Ich zog meine Schuhe und Socken aus, meine Hose,
legte mir eine Socke längs auf den Kopf, streckte die Zun-

ge heraus und machte mich, nackt bis auf die Unterhose, auf den Weg. Eine Angestellte hinter der Theke schaute um eine Säule herum. Dann, kurz vor dem Tresen, sprang der Bildschirm um und zeigte … 90 Cent, 90 Cent für die Pommes. So, hab' ich dich! Dieses Schnäppchen wollte ich mir nun auch nicht entgehen lassen und beschloss zu bestellen.

Inzwischen waren zwei neue Kunden eingetroffen. Sie beäugten mich misstrauisch, aber ich zeigte ihnen ja nur, wie man billig einkauft. „So ist's billiger", rief ich zu ihnen hinüber. Sie stellten sich an der anderen Theke an. Noch jemand betrat das Restaurant, aber die Bedienung erschien am Tresen, und ich sagte: „Einmal Pommes, bitte."

„Kommt etwas drauf?"

„Nein ohne."

„Macht", sie schaute auf den Bildschirm, „drei Euro fünfzig."

Ich sah nach oben, tatsächlich, der Bildschirm zeigte 3,50 Euro. Hier musste ein Fehler vorliegen. Ich drehte mich um, und direkt hinter mir stand eine schick gekleidete ältere Dame. Sie schaute nach oben und studierte die Preise.

Ich räusperte mich. „Bitte gehen Sie hier weg", sagte ich, „gehen Sie hier weg."

„Wie meinen Sie das?"

„Bitte gehen Sie fünf Meter zurück. Die Preise sind so hoch weil Sie hier stehen. Sie sind zu schick gekleidet."

„Oh danke. Die Preise sind hier immer hoch, ich war schon zweimal hier."

„Drei Euro fünfzig", sagte die Bedienung.

„Moment. Also, gehen Sie jetzt zurück, sonst kann ich nicht bestellen."

„Ich bin ganz ruhig."

„Gehen Sie zurück, sonst schiebe ich Sie."

„Dann drängt sich jemand vor."

„Drei Euro fünfzig."

Ich sah zum Nachbartresen hinüber, da standen inzwischen vier Kunden.

„Ich bestelle für Sie mit, dann wird es billiger", sagte ich.

„Sie sind wohl auf meine Geldbörse aus, junger Mann. Sie haben ja gar kein Geld dabei, so wie ich sehe. Machen Sie sich keine Hoffnungen. Ich kenne diese Tricks."

„Dann, dann … dann ziehen Sie sich bitte aus."

Der folgenden Ohrfeige konnte ich durch mein Abtauchen nur halb ausweichen.

Ich sammelte hastig meine Kleidungsstücke ein und stülpte sie über. Auf meinem Weg nach Hause machte ich noch einen Schlenker zur Brockensammlung.

PB

Beim Apotheker

(Text nur für Männer verständlich)

Zu Hause

Sie: Gehst du in die Stadt? Kannst du mir ein paar Halstabletten aus der Apotheke mitbringen?

Er: Hmm.

Sie: Wenn du schon gehst, kannst du mir doch Halstabletten mitbringen.

Er: Welche denn?

Sie: Ist egal, die, die ich immer hatte.

In der Apotheke

Er: Ich hätte gern ein paar Halstabletten für mein Frau.

Apothekerin: Hier haben wir verschiedene Sorten *(weist auf ein Regal).*

Er: Geben Sie mir irgendeine.

Apothekerin: Hat sie denn starke oder leichte Halsschmerzen?

Er: Ich weiß nicht.

Apothekerin: Wir haben hier Salmiakpastillen. Oder möchten Sie etwas Stärkeres?

Er: Ja, die vielleicht.

Apothekerin:	Die haben einen etwas intensiven Zitronengeschmack, oder möchte Ihre Frau lieber ohne?
Er:	Ich weiß nicht. Ich nehme die.
Apothekerin:	Wissen Sie denn nicht, wie die Tabletten Ihrer Frau heißen?
Er:	Nein
Apothekerin:	War die Packung denn eher gelb oder orange?
Er:	Tja, gelb nicht.
Apothekerin:	Hat sie denn das Kratzen eher im oberen Bereich oder eher auf der Zunge?
Er:	Ich weiß nicht.
Apothekerin:	Warten Sie mal, hier haben wir welche. *(Geht um die Theke herum)* Diese sind mit Menthol. Mag Ihre Frau Menthol?
Er:	Ja, ich weiß nicht. Ich nehm' die.
Apothekerin:	Es gibt sie auch mit wenig Menthol. Vielleicht mag sie die?
Er:	Ja, die nehm' ich.
Apothekerin:	Nein, warten Sie, ich hab' sie auch ohne Menthol, ich geb' Ihnen *die*, dann sind wir auf der sicheren Seite.
Er:	Ja, ja.
Apothekerin:	Darf es sonst noch etwas sein?

PB

Bildnachweise